$19.95

Una suerte pequeña

Claudia Piñeiro

Una suerte pequeña

Humberto I 555, Buenos Aires
www.megustaleer.com.ar

ISBN: 978-987-738-044-6

Hecho el depósito que indica la ley 11.723
Impreso en la Argentina - *Printed in Argentina*
Primera edición: mayo de 2015

Diseño: Proyecto de Enric Satué
Diseño de tapa: Raquel Cané
Foto de tapa: © Trevillion Images

Piñeiro, Claudia
Una suerte pequeña. - 1a ed. - Buenos Aires : Alfaguara, 2015.
240 p. ; 24 × 15 cm.

ISBN 978-987-738-044-6

1. Narrativa Argentina. I. Título
CDD A863

Esta edición de 30.000 ejemplares se terminó de imprimir en Encuadernación Araoz S.R.L.,
Avda. San Martín 1265, Ramos Mejía, Buenos Aires, en el mes de abril de 2015.

A Ricardo, que no es Robert pero podría serlo.

A Paloma Halac, que me enseñó de dónde viene Mary Lohan. Y varias cuestiones más.

A mis hijos, Ramiro, Tomás y Lucía. Mis suertes mayores.

"Este dolor agudo. Se hará crónico. Crónico significa que perdurará aunque tal vez no sea constante. También puede significar que no morirás de ello. No te librarás pero no te matará. No lo sentirás a cada minuto pero no permanecerás mucho tiempo sin que te haga una visita. Y aprenderás algunos trucos para mitigarlo o ahuyentarlo, tratando de no destruir aquello que tanto dolor te ha costado."

ALICE MUNRO, "Las niñas se quedan"

Cuaderno de bitácora intervenido: Volver

La barrera estaba baja. Frenó, detrás de otros dos autos. La campana de alerta interrumpía el silencio de la tarde. Una luz roja titilaba sobre la señal ferroviaria. Barrera baja, alerta y luz roja anunciaban que un tren llegaría. Sin embargo, el tren no llegaba. Dos, cinco, ocho minutos y ningún tren aparecía. El primer auto esquivó la barrera y pasó. El siguiente avanzó y tomó su lugar.

Debería haber dicho que no, que no era posible, que no podía viajar. Decir lo que fuera. Pero no lo dije. Me di explicaciones a mí misma, una y mil veces, acerca de por qué, aunque debería haber dicho que no, terminé aceptando. El abismo atrae. A veces sin que seamos conscientes de esa atracción. Para algunos, atrae como un imán. Son los que pueden asomarse, mirar hacia abajo y sentirse capaces de saltar. Yo soy una de ellos. Capaz de soltarme en el vacío, de caer para ser —al fin— libre. Aunque se trate de una libertad inútil, una libertad que no tendrá después. Libre sólo en el instante que dure la caída.

Entonces quizá no se trate de que haya aceptado porque no supe decir que no; tal vez, en el fondo, acepté porque quise. En un lugar íntimo y oscuro dentro de mí, allí donde ya no es posible conocerme a mí misma, yo quise. Incluso puede ser que lo haya estado esperando todo este tiempo. Mi propio abismo. Diecinueve años. Más, casi veinte. Esperar que algo, o alguien, que una fuerza a la que no pudiera oponerme, que una circunstancia irremediable e ineludible me obligara a volver. No una decisión propia que no habría podido tomar. El destino o el azar, no yo. Volver. Y volver no sólo a mi país, la Argentina, no sólo a la ciudad donde vivía, Temperley, sino al colegio Saint Peter. El regreso a una especie de mamushka que termina en ese micromundo:

un colegio inglés del sur del conurbano, que quise y odié con la misma intensidad.

El colegio Saint Peter. Todavía me cuesta decir su nombre, me cuesta hasta pensarlo. Sé que quien me importa ya no estará allí. Pero quizá sí alguien que yo conozca, o alguien que me conozca a mí. Y a él. Que sepa de nosotros cuando yo aún vivía en ese barrio. Aunque varios cambios físicos y cierta intervención sobre mi cuerpo me dan tranquilidad. Tengo la convicción de que podré pasar inadvertida. Hace unos cinco años me encontré con Carla Zabala —una madre del colegio que pertenecía al grupo de mis amistades más cercanas en aquellos años y aquel lugar al que me veo obligada a regresar— y no me reconoció. Fue en una de esas grandes tiendas, las dos esperábamos nuestro turno haciendo cola en la línea de cajas, una al lado de la otra. Ella me miró y con un muy mal inglés me preguntó algo sobre el precio de la prenda que llevaba. Yo me quedé muda, no pude responder. Carla esperó unos segundos pero ante mi demora no mostró ninguna reacción, simplemente le hizo la misma pregunta a la persona que estaba detrás de mí. Entonces comprobé lo que sabía por intuición: la que yo había sido ya no estaba, quien ese día hacía cola para pagar en una gran tienda de Boston no había estado nunca en Temperley, no conocía el colegio Saint Peter, no podía ser descubierta ni por Carla Zabala ni por nadie, sencillamente porque era otra.

Yo misma no me reconozco cuando me busco en las fotos de aquella época. Sólo conservo tres fotos, las tres con él, de tres momentos distintos. Ninguna con Mariano. Ya casi no las miro, dejé de hacerlo para poder curarme. Robert me pidió que no las mirara más, y tenía razón. Un tiempo lo seguí haciendo, a escondidas. Pero una noche, al acostarme, me di cuenta de que se había ido el día entero sin que yo las mirara. Y luego pasaron otros dos días en que tampoco lo hice. Y luego una semana, un mes. Tiempo. Hasta que no las miré más. Sin embargo no me deshice de ellas. Ahora, hoy, en este avión que me devuelve al lugar de donde me fui, llevo cuatro fotos conmigo: aquellas tres y una en la que estoy con Robert, frente a nuestra casa. Pero tampoco las miro. Apenas las llevo, ni siquiera sé bien por qué.

Ya no soy rubia, como la mayoría de las mujeres que mandaban a sus hijos al Saint Peter, ese colegio que tan bien conocí. Desde hace tiempo mi pelo es rojizo, casi pelirrojo. Bajé de peso, como diez kilos, o incluso un poco más. Nunca fui gorda, pero después de mi partida —de mi huida, debo reconocer— me puse escuálida, transparente, y jamás recuperé los kilos perdidos. No uso la misma ropa que el resto de aquellas mujeres, la que usábamos todas; soy —ahora, el día de mi regreso— una mujer americana, una mujer de Boston. Si hiciera frío podría llevar sombrero, algo impensable en Temperley. Mi voz, aquella voz, quedará oculta bajo las inflexiones de otro idioma que me esforzaré en exagerar cuando esté en zona de peligro. Y se oirá empañada por esta ronquera que me apareció el mismo día en que me fui del país. “Disfonía por estrés traumático”, dijo el médico cuando me hice ver en Boston, varias semanas después. Con los años se convirtió en disfonía crónica por el esfuerzo que suponen para las cuerdas vocales las muchas horas de clase. Ni siquiera mis ojos son los mismos. Y no sólo porque hayan mirado otras cosas, otros mundos.

Tampoco porque no hayan mirado más este lugar al que hoy regreso. Si eso los hubiera cambiado, la modificación sería imperceptible. Lo habría notado únicamente yo, tal vez Robert: una cierta tristeza, el brillo más apagado, la demora con la que van los ojos de un objeto mirado a otro. Quizás entre esos cambios también se haya modificado el lugar tan propio de cada persona adonde van los ojos a buscar las palabras que uno no encuentra mientras habla. Mis ojos las buscan en el cielorraso; levanto la vista de costado y se cuelgan del techo, se detienen allí arriba, hasta que la palabra aparece. Robert las buscaba mirando al frente, allí las tenía, siempre a mano; mi madre —hoy lo sé— cerrando los párpados. ¿Dónde irán sus ojos, los de él, a buscar las palabras que no halla? No puedo recordarlo. Sin embargo no me refiero a ninguno de esos cambios sutiles, privados, difíciles de detectar excepto para quien está muy atento a cómo mira el otro. Me refiero a cambios más evidentes y más externos que hoy se le pueden hacer a una mirada, si uno lo desea. En cuanto mi oculista sugirió que me podía poner un color diferente en las lentes de contacto, dije que sí. Robert se espantó cuando me vio. Pero Robert era incapaz de contradecirme en nada, a menos que fuera algo que me hiciera daño. Así que si quería ojos marrones, entonces que los tuviera. Robert. A él le gustaban mis ojos celestes. A mí ya no. "Marrones será perfecto", me dijo a pesar de su propio gusto. Cruzarme con Robert, contar con él cuando me instalé en Boston como me podría haber instalado en cualquier otro lugar del mundo, fue encontrar una tabla de salvación en el momento justo en que había decidido abandonarme a las olas y las mareas, dejarme ir.

En Boston doy clases de Español. Enseño Español a angloparlantes. ¿Escribir en primera persona o en tercera? ¿Por qué elegir una u otra voz? Son algunas de las tantas preguntas que suelen hacerme mis alumnos, una vez que superan las primeras dificultades y quieren "escribir". Me las volverán a hacer cuando regrese, o me las harán nuevos alumnos en el próximo semestre. Son preguntas técnicas, y aunque así respondo —en mis clases no doy respuestas literarias sino gramaticales—, esta pregunta en particular se queda conmigo un tiempo, como si esperara de mí un mayor compromiso. Los alumnos vienen a aprender un idioma, no es el objetivo que lo usen para escribir una novela o un cuento. Para eso tienen su lengua materna, uno debería escribir en la lengua con la que piensa, con la que sueña. La lengua con la que hace silencio. Pero a pesar de saber qué se espera de mí en esas clases, a veces siento que la respuesta que doy a mis alumnos es demasiado teórica: "La persona (primera, segunda, tercera) es la categoría gramatical básica, expresada en los pronombres personales. Este rasgo regula la forma deíctica concreta necesaria para desambiguar qué papel ocupan el hablante, el oyente u otro interviniente respecto a la predicación". Deíctica, desambiguar, intervinientes, predicación. *Bullshit*, diría Robert. Doy la definición de memoria, se la hago repetir a ellos de memoria. *By heart*, se dice en idioma inglés. No es una traducción literal, todo lo contrario. Memoria *versus* corazón. Otras veces me apiado de mis alumnos y les doy una respuesta más amigable: "La primera persona es generalmente la que habla: yo, nosotros, nosotras. La segunda persona es con quien se habla o escucha: tú, ustedes. La tercera persona es de quien se habla: él, ella, ellos, ellas". Y yo, aquí, ahora, mientras espero embarcarme para mi vuelo de regreso a la Argentina, también me pregunto, frente al papel en blanco, si me resultará más fácil contar esta historia en primera persona o en tercera del singular. Si "yo", o "ella". Pruebo una y otra. La tercera persona aleja, protege en la distancia. La primera me lleva al borde del abismo, me invita a saltar. La tercera me permite esconderme, quedarme dos pasos más atrás, no mirar el vacío ni siquiera al contarlo. Sin embargo, sé que esconderme es lo que hice hasta ahora, mientras no pude escribir una palabra acerca de aquel día, de los días que siguieron a aquel día, de los años que siguieron a aquel día. Por eso me digo, me convenzo, me obligo, a que este texto —esta especie de bitácora del viaje de regreso— tiene que ser escrito en primera persona. Porque el dolor sólo se puede contar así. El dolor, el desgarro, la huida, el partirse en mil pedazos que nunca volverán a unirse, la mirada lejana, el abandono, el abandonarse, las cicatrices, sólo se pueden narrar en primera persona.

Entonces yo, aquí, en el aeropuerto de Nueva York —Robert me ayudó a poder subir a un tren otra vez y disfrutar la belleza de hacer el viaje en ferrocarril de Boston a Nueva York cuando no hay vuelos directos, "así uno sube al avión en estado de gracia"—, espero que me llamen a embarcar después de haber despachado una pequeña valija con cosas suficientes para el tiempo que estaré fuera de mi casa, entre una semana y dos. Y mientras espero, escribo en primera persona. Escribo para mí en primera persona. Me escribo. Anoto en la primera página "Cuaderno de bitácora", y no "Diario". Para escribir un diario hay que tener una seguridad del valor que tiene contar la vida propia que yo no tengo. La convicción de que esa vida, por más dura que haya sido o sea, merece ser apuntada día a día, escena por escena, desde el punto de vista absoluto de quien la cuenta. Y yo no tengo esa convicción.

Las fotos van conmigo en la cabina. Las cuatro fotos. Delante de las tres más antiguas va la de Robert; por si en medio del viaje tuviera que sacar algo de la mochila, revolver dentro, y eso me obligara a mirarlas. En ese caso prefiero dar primero con Robert, incluso ahora que está muerto y ya no puede protegerme de mis fantasmas como lo hizo todos estos años. Primero con Robert, sólo después con él. En la misma mochila de mano en que van las fotos, viajan también los muchos papeles del Garlic Institute, el sofisticado colegio americano para el que trabajo hoy. Aquel donde entré como profesora de español gracias a Robert. El lugar en el que —acunada en mi dolor después de huir— pasé los años que le siguieron a mi vida anterior. El colegio que hoy me envía sin escalas y en *business* a otro colegio, el Saint Peter.

Y a mi pasado.

Dejo la mochila que lleva los papeles del Garlic Institute y las cuatro fotos en el portaequipaje, arriba del lugar que tengo asignado. Hay sitio suficiente, en *business* los pasajeros no necesitan ocupar con sus bolsos el espacio de otros. Para eso pagan. Busco algunas cosas en la cartera antes de acomodarla debajo del asiento, frente a mí. Saco el libro que estoy leyendo, mi libreta de notas convertida en cuaderno de bitácora, una birome, un paquete de pañuelos de papel y los coloco en el sobre donde están las revistas de vuelo y el neceser de la aerolínea. Dudo si tomar ya una pastilla que me permita dormir al menos seis horas del viaje o esperar a que el avión despegue, beber vino en la cena y dejar que el alcohol me vaya adormeciendo de a poco. No suelo tomar vino desde que no está Robert, así que confío en que una copa a esas alturas surtirá efecto. Incluso dos copas, o hasta tres, en *business* nunca hay problemas cuando se trata de satisfacer al pasajero. Rechazo el champán de bienvenida que me ofrece la azafata, las burbujas me dan cosquillas en la nariz y eso me hace doler la cabeza. Saco la pastilla de mi cartera y la dejo más a mano, en el bolsillo de mi blazer, por si me hiciera falta aún después del vino. El vuelo debe estar pronto a salir. Quedan pocos asientos vacíos. Uno es el que está a mi lado. Sería una suerte que quedara libre. No una gran suerte de esas de las que hablaba mi mamá. Yo no tengo tanta. Encontrar a

Robert veinte años atrás podría parecer la excepción. Sin embargo, eso no fue suerte sino una última oportunidad puesta en mi camino por el destino, era permitirle que me llevara de la mano o dejarme morir. La circunstancia en que lo conocí sí, tal vez ése sea el tipo de suerte que tengo. Como la de ahora: entra una mujer con un bebé y, felizmente, pasa de largo. Luego un hombre. Otro. Hasta que la azafata avanza por el pasillo guiando a una señora mayor y la ubica en el asiento a mi lado, la asiste como si estuviera perdida. La señora se disculpa muchas veces antes de pasar y tomar su lugar junto a la ventanilla. Pide perdón como si se sintiera en falta. Me dice que es la cuarta vez que viaja en avión, pero la primera que viaja en *business*. La pasaron a esta categoría que no pidió porque no quedaban lugares en clase turista, la categoría donde el hijo le había sacado pasaje para que fuera a conocer a su único nieto. Antes había viajado para el casamiento, sola, ida y vuelta. Me explica que son ellos dos de familia, nadie más. Ella y su hijo. "Ahora también mi nieto", me dice, pero no nombra a su nuera. En los viajes anteriores no tuvo problemas, en cambio hoy casi la dejan abajo, me cuenta, pero lo dice con resignación, no muestra enojo, como si estuviera describiendo una situación que le es impuesta sin que ella pueda hacer nada, sin un derecho a esgrimir. La hicieron ingresar a la sala de embarque con número de asiento en blanco, le dijeron que se lo asignarían —si todo iba bien— antes de abordar, hasta que por fin los empleados de la aerolínea lograron ubicarla en una categoría superior. Y se lo dijeron con una sonrisa: "Le hicimos un *up grade*". Supongo que ésas deben haber sido las palabras que usaron porque ella quiere repetir lo que le dijeron exactamente pero no lo recuerda, cierra un poco los ojos y busca —como hacía mi madre—. "Una palabra en inglés", me dice. Y aunque sé que seguramente usaron esa expresión, *up grade*, yo no la digo, me la callo para ponerme de su lado, del lado de la señora que lejos de creer que le hicieron un favor se siente desubicada, molesta sentada en un sillón con demasiados botones, incómoda con que la azafata le pregunte más de una vez si quiere champán. El anonimato del pasajero turista le debe haber resultado más tranquilizador, que nadie se preocupara por ella, que no le ofrecieran tantas cosas dando por hecho que las disfrutaría. La señora, sin duda, habría preferido su asiento en clase turista, aunque allí no pudiera estirar las piernas y llegara a destino con los tobillos hinchados, aunque la comida fuera de menor categoría, aunque el nene sentado en el asiento de atrás le pateara la espalda o el auricular de su audio fuera el único del avión que no funcionara. Esos inconvenientes pertenecen a un tipo de molestias que conoce, sabría cómo acomodarse a ellos, o como aun padeciéndolos pasar inadvertida. Estas otras molestias no, le son ajenas.

A veces, un *up grade* no hace otra cosa que complicar la vida. Eso fue lo que sentí cuando Mariano me llevó a vivir a Temperley. Yo había vivido toda mi vida en Caballito, en un departamento familiar de tres ambientes: un living-comedor chico, mi cuarto y el de mis padres. Y un balcón terraza, no muy grande, pero donde mi madre tenía plantas —que a menudo se le marchitaban porque dejaba de regarlas—, mi padre leía rodeado de plantas marchitas, y yo tomaba el sol de la mañana. Un departamento alquilado que volvió a sus dueños cuando mis padres murieron, pocos años después. Vivir en Capital me parecía más sencillo, más cerca de todo, con más medios de transporte a mi disposición. Pero Mariano había nacido y vivido siempre en Temperley, en la casa de sus abuelos que heredaron sus padres, un chalet de estilo inglés con parque y pileta —pequeña, un espejo de agua contra la pared medianera por la que subía un rosal trepador—. La clínica de su padre que él administraba —que tal vez sigue administrando— estaba a cinco minutos de esa casa. Lo único que quería Mariano, a la hora de buscar un lugar donde vivir cuando nos casáramos, era encontrar un chalet tan lindo como el de sus padres y que quedara igual de cerca de su trabajo. Y lo encontró. Me llevó un día a conocerlo, pero sin decirme adónde íbamos. Me sacó el pañuelo que yo llevaba al cuello y me lo puso tapándome los ojos —"¿Vamos a jugar al gallito ciego?", pregunté—, me hizo subir al auto, manejó unas pocas cuadras y estacionó. Cuando abrió mi puerta para que bajara, yo quise sacarme la venda pero me dijo que aún no, que no arruinara la sorpresa. Me ayudó a salir del auto, me guió unos pasos llevándome del brazo, nos detuvimos, me soltó, sentí que hacía girar una llave en alguna cerradura. Luego avanzamos otra vez por lo que supuse un camino de baldosas. Un poco más adentro me detuvo otra vez, me acomodó para que quedara de frente a lo que quería que yo viera y entonces sí se puso detrás y me desató el pañuelo. Abrí los ojos, frente a mí había una casa del mismo estilo que la de sus padres, pero mucho más grande, mejor mantenida, con un parque más cuidado, con más árboles y el mismo rosal

—el que en la casa de Mariano cubría la medianera junto a la pileta—, aunque mucho más frondoso, trepando por la pared del frente entre las dos ventanas. "Es nuestra", dijo. Yo sentí una mezcla de alegría y agobio. Como si toda esa casa —que también iba a ser mía— se me viniera encima para desplomarse sobre mí. No hubo una consulta anterior, no hubo una búsqueda juntos. Él eligió lo que creyó mejor para los dos, decidió por "nosotros". O por él. Y yo por un tiempo lo sentí un regalo casi inmerecido, lo agradecí, lo interpreté como el mejor obsequio que podía hacerme. "Una muestra de amor", dijo mi madre, "vos sí que tenés suerte, no sabés la suerte que es tener una casa propia, no ser un eterno inquilino". Mi padre miró y no dijo nada. En ese entonces asocié el agobio con un problema mío, con una incapacidad para recibir lo que los demás quisieran darme, con mis dificultades para disfrutar lo que se me presentaba delante de los ojos. Como esa casa, una casa donde Mariano y yo nos querríamos, donde seríamos felices, donde armaríamos nuestra familia. El sueño de cualquier chica como yo. No mi propio sueño, yo no sabía cuál era mi sueño. Entonces me apropié del sueño que soñaban las demás. A fin de cuentas ese sueño no estaba mal, qué más quería de la vida. "Vos sí que tenés suerte", repitió mi madre aquel día como lo había hecho tantas otras veces. Y yo, para no contradecirla, le contesté que sí, que yo tenía suerte, al menos de algún tipo. La suerte que hizo que la mujer con el bebé pasara de largo. Una suerte pequeña.

Me apuro y antes de que el avión despegue busco en Google Maps la dirección de aquella casa. Me fijo a cuántas cuadras está del departamento donde viviré mientras haga mi trabajo en el colegio Saint Peter —"cerca de la estación de trenes", decía el mail en el que me pasaron las fotos del lugar y la dirección exacta, como si esa cercanía fuera una ventaja—. Sé que la azafata me pedirá que apague el teléfono y mientras la veo avanzar por el pasillo recorro a las apuradas con el dedo los caminos posibles para ir del departamento al colegio sin pasar por la casa donde vivimos juntos diez años. Los mejores y los peores diez años de mi vida. Existen opciones para no pasar por delante de ella, sólo hay que saber tomar el camino correcto.

La azafata se detiene a mi lado y yo apago el teléfono. El avión está por despegar. La señora del *up grade*, sentada a mi derecha, aprieta una cruz que lleva colgando del cuello con una mano y con la otra, sin pedirme permiso, me toma del brazo mientras reza con los ojos cerrados.

Yo también cierro mis ojos. Y ya no pienso en Mariano, ni en la casa, ni en Robert. Pienso en él, y en cuáles serán los caminos que toma cada día para ir adonde sea que vaya.

La barrera estaba baja. Ella frenó, detrás de otros dos autos. La campana de alerta interrumpía el silencio de la tarde. Una luz roja titilaba sobre la señal ferroviaria. La barrera baja, la campana de alerta y la luz roja anunciaban que un tren llegaría. Debía venir un tren. Sin embargo, el tren no llegaba. Dos, cinco, ocho minutos y ningún tren aparecía. El primer auto esquivó la barrera y pasó. El segundo avanzó y tomó su lugar. Ella esperó, no ocupó ni siquiera el espacio vacío que ahora quedaba entre su auto y el que tenía delante. Se preguntó por qué ese conductor no cruzaba como lo había hecho el anterior. Y apenas terminó de preguntárselo, el auto se movió, metió la trompa entre las dos barreras y luego se detuvo en esa posición. Ella, sin verlo, supuso al conductor mirando a un lado y a otro para confirmar que ningún tren aparecería.

El piloto anuncia que ha comenzado el descenso, se enciende la luz que indica que hay que ajustarse los cinturones, las azafatas verifican que todo esté en su lugar, los asientos derechos, las mesas rebatidas. Por la ventanilla, veo cómo la oscuridad de la noche se ilumina de a poco con las luces desperdigadas de los alrededores del aeropuerto. Oigo el ruido que anuncia que está bajando el tren de aterrizaje y enseguida, junto a las alas, aparecerán las ruedas. No llego a verlas desde mi lugar pero busco con la mirada a la azafata y su tranquilidad me confirma que las ruedas están allí. Siempre estoy atenta a este movimiento desde que Robert me hizo ver un episodio de una serie de televisión de Steven Spielberg en que el mecanismo de aterrizaje de un aeroplano de guerra está averiado, han perdido una rueda, y al filo de la muerte se salvan porque un tripulante dibuja la rueda que falta. Un episodio con personajes representados por actores reales —Kevin Costner es el capitán— y donde la animación se introduce como la magia para que aparezca esa rueda salvadora. Si sólo se tratara de dibujar algo que modifique la realidad.

El avión —el mío— carretea en la pista de aterrizaje. Los pasajeros aplauden. ¿Por qué los pasajeros argentinos aplauden?, no vi aplaudir en un aterrizaje en ninguno de los vuelos que hice en estos años. El piloto acciona los frenos y el avión comienza a perder velocidad. Estoy otra vez en la Argentina. Después de veinte años. Pero aun así, entre mis pies y la tierra a la que vuelvo hay mucha distancia, todavía no toco ningún otro suelo que el de la propia nave. ¿Cuándo se vuelve? ¿Cuándo uno puede decir que pisó otra vez el suelo donde nació? ¿Cuándo uno está de regreso?

Me levanto con cierto apuro —no tanto como el de otros que se sacan el cinturón y se ponen de pie antes de que esté permitido hacerlo—, bajo mi mochila, le ofrezco ayuda a la mujer que viajó junto a mí pero aunque parece que se entusiasma con el ofrecimiento, algo la hace desistir y me dice —casi con vergüenza— que ella va a esperar, que recién cuando bajen todos se va a levantar. No se hace cargo de que los pasajeros de *business* o primera clase bajan primero. No le importa. Tal vez no se considere capaz de seguir mi ritmo apurado. En general no tengo apuro. Perdí el apuro hace mucho tiempo. ¿Apuro para qué? ¿Para llegar adónde? Al contrario, mi vida cotidiana se compone de pequeños actos tendientes a lograr que el tiempo pase, que se desvanezca en medio de esas acciones inútiles sin urgencia alguna. Después de mi huida nunca más me sentí urgida por algo. Ni por nadie. Robert respetaba mi lentitud, mi absoluto desinterés por el tiempo que llevara cada acto, cada conversación o cada espera. Él mismo se declaraba un hombre *slow*, y decía que disfrutaba mi letargo. Miro a la mujer una vez más antes de bajar. Ella esquiva mi mirada, no quiere sentirse interpelada otra vez. Creo que le gustaría, incluso, permanecer sentada en esa butaca hasta que ya nadie quede dentro. Ella elegiría, si pudiera, pasar inadvertida y volver en el mismo avión a la casa de su hijo. Pero no podrá hacerlo. Hay determinados hechos que, por sí mismos, anulan la posibilidad de arrepentimiento. Se puede hacer algo a partir de ellos o no hacer nada. Lo que no se puede es cambiarlos.

Saludo a la tripulación y salgo, atravieso la manga, hago la cola en las cabinas de Migraciones, presento mis papeles, mi dedo pulgar, el otro dedo, presto mi cara para la foto, voy a buscar el equipaje a la cinta correspondiente. Todo con ese cierto apuro que me es desconocido. Será que yo tal vez habría elegido —como esa mujer— quedarme en el avión y esperar hasta que la nave me llevara de regreso al lugar de donde partí pero, consciente de la inutilidad de permanecer allí sentada, decidí hacer todos los trámites lo más rápido posible para terminar con la prueba que se me impone y volver a mi vida. Esa vida que me construí en Boston cuando dejé de ser quien era. El abismo que atrae y repele en un mismo acto. Como cuando de chicos jugábamos a la mancha, corríamos para tocar a alguien y en cuanto lo lográbamos salíamos corriendo en sentido contrario. Piso suelo argentino y regreso a mi otro suelo. Rápido, tan pronto como sea posible, inmediatamente. Sin embargo, el juego aún no empieza porque ni siquiera siento que haya pisado el suelo del país donde nací. No lo sentí cuando avancé por la manga, ni cuando hice la cola para Migraciones, ni en el baño de la terminal aérea. ¿El suelo de un lugar tan anodino e impersonal como un aeropuerto es el propio suelo? ¿Qué diferencia hay entre el suelo de Ezeiza, el aeropuerto Logan de Boston, o el Kennedy de Nueva York? O Barajas o Fiumicino o El Alto o El Galeão. Todos pisos de baldosas similares, frías, intercambiables.

Me paro frente a la cinta donde aparecerá mi valija. Veo a lo lejos a la mujer que viajó a mi lado. Ella no me ve, sin embargo me busca, sé que me busca. Mira en una dirección y en otra. Por fin me descubre y avanza hacia donde estoy. Se para a un metro sin decir palabra, pero es evidente que mi cercanía la tranquiliza. Una cara conocida, debe pensar. La garantía de que si yo busco mi valija en esa cinta, la de ella también debe estar por aparecer, de un momento a otro, girando allí. Ya no necesita preguntar. La mujer, intuyo, se siente segura a mi lado, protegida. La miro y me invade una sensación extraña, algo que me gusta y me asusta a la vez. Me conmueve que esa mujer dependa de mí. Hace mucho que nadie depende de mí. Supe cuidar, acariciar, hacer dormir, estar atenta a cada cosa que el otro necesitaba. Pero hace mucho que eso no me sucede, no volví a permitir que me sucediera. Ni siquiera acepté tener una mascota —Robert habría querido tener un perro— con tal de no sentir que alguien en este mundo dependía de mí para sobrevivir. Robert no me necesitaba de ese modo, todo lo contrario, él era quien me cuidaba, me ayudaba a dormir, estaba atento a cada cosa para que yo estuviera bien. A él le gustaba ese rol. Y yo, aunque sabía que era injusto no retribuirle del mismo modo tanto aprecio, ya no podía. Podía, sí, dejarme cuidar. Apenas eso. Mucho, tal vez, para la mujer que Robert conoció tantos años antes en ese vuelo a Miami, la que se desplomó en aquel aeropuerto junto a sus pies. Por eso la sensación de que alguien dependa de mí —ahora, en este aeropuerto— es extraña, no por el susto que me produce sino por el leve placer que también aparece, como si esa sensación se despertara de un sueño muy largo. Un placer resucitado: el de sentir que uno es necesario para otro, imprescindible. Un placer antiguo, lejano, al que renuncié pero que evidentemente conozco. Después de que huí, tuve que aprender a aceptar que algún día —más tarde o más temprano, cuando pudiera superarlo— él ya no dependería de mí. Su vida habrá seguido, como la mía, y cuando haya tomado conciencia de que yo nunca más volvería, sea cual fuera la versión que le hubieran dado de los hechos y sus razones, también él debe haberlo aprendido. Su dolor, un dolor que intuyo pero no conozco, me pesa aún hoy más que el mío. El mío aparece pero está encallecido; sólo cuando pienso en el dolor de él recuerdo el que yo sentí.

Mi valija gira en la cinta. La espero, la recojo. Sé que la mujer me está mirando, sé que le preocupa que yo ya tenga mi equipaje y ella no. Sé que la angustia que yo camine arrastrando mi valija hacia la salida. Pero no me doy vuelta, no la miro, no puedo, me voy y la dejo atrás, librada a su suerte, después de todo no es tan complicado recoger una valija. Me acomodo el cabello batiéndolo con una mano, me calzo los anteojos de baja graduación que uso cuando a pesar de las lentes de contacto quiero poner un filtro entre mis ojos y el mundo. Salgo y veo un cartel con mi nombre: Mary Lohan. Mi nombre es María, María Elena, o Marilé. Así me decían todos: Marilé. Lohan es el apellido de Robert que uso en mi vida profesional. "¿Se puede tener un apellido tan parecido al aeropuerto de la ciudad donde uno vive?", decía Robert cada vez que nos embarcábamos allí, "Mr. Lohan parte en un vuelo desde Logan, absurdo, ¿no?". Me acerco al conductor que me llevará hasta el departamento que el colegio Saint Peter me alquiló en el centro de Temperley. El hombre se ofrece a llevar mi valija y me la quita de la mano sin esperar respuesta. Insiste en cargar también la mochila pero no se lo permito. Acomoda mi equipaje en el baúl y subimos a su auto, él adelante, yo atrás. Apenas arranca cierro los ojos, no me atrevo a mirar el camino, a encontrarme con imágenes que me disparen recuerdos, recién llegada. Todavía no quiero ver.

Pero a poco de andar le pido al conductor que se detenga en la banquina. "¿Se descompuso?", me pregunta el hombre. "Sí", miento. Me bajo del auto, doy unos pasos, me quito los zapatos, cierro los ojos otra vez. Mis pies descalzos sobre el pasto. Los muevo en el lugar, y luego a un lado y al otro sin intención de ir a ningún sitio sino de sentir —no ver sino sentir— cómo esa gramilla dura me araña la planta de los pies.

Abro los ojos por fin.

Ahora sí.

Volví, estoy de regreso.

El departamento donde me alojan es agradable. Lo pienso así, "agradable", y no me gusta. Agradable es una palabra tibia, que no dice mucho. Pero no encuentro otra. Como cuando en inglés decimos *nice.* Dos palabras correctas pero sin entusiasmo. Un living-comedor grande, un dormitorio, un cuarto un poco más chico acondicionado para que funcione como escritorio: biblioteca con algunos ejemplares olvidados al descuido —ordenados sin ninguna lógica—, una mesa de trabajo con computadora e impresora encendidas, un sillón de respaldo cómodo, una resma de papel, lápices con puntas recién afiladas y lapiceras de distinto tipo en un recipiente de porcelana que tiene el logo del colegio Saint Peter, un adaptador para distintos tipos de enchufes apoyado sobre la resma de papel. La computadora y la impresora fueron expresos pedidos míos, no me gusta cargar mi notebook por más liviana que sea, prefiero contar con una en la que pueda bajar mis archivos en cada lugar donde voy a trabajar. Llevar a todos lados mi propia computadora atenta contra una condición que hace mucho tiempo se me hizo imprescindible: ir ligera de equipaje.

En la cocina hay una heladera moderna con bebidas frescas, fruta, queso, leche, pan, comida congelada lista para calentar y consumirse, una cafetera italiana, un microondas, un horno eléctrico. Evidentemente me esperaban. Esperaban a Mary Lohan, la profesora americana que viene en representación del Garlic Institute de Boston. Saben quién soy. La que soy ahora. El departamento parece tener todo lo necesario para que me sienta a gusto en estos días de trabajo. Refleja que quien lo acondicionó, o quien lo mandó acondicionar, sabe cómo atender a un extranjero. No saben que yo no soy extranjera.

No bien salimos de Ezeiza, el conductor me transmitió un mensaje, o varios mensajes: que mañana a primera hora me pasará a buscar Mr. Galván, el director del colegio Saint Peter, que dado el horario tan inoportuno en que llegaba mi avión Mr. Galván no pudo ir a recibirme a Ezeiza, que Mr. Galván me pedía disculpas por la descortesía —repitió Mr. Galván innecesarias veces—. Más que disculparlo se lo agradecí. No hubiera querido volver —por fin— y que en la ceremonia del regreso se inmiscuyera otra persona. El chofer, en cambio, lo había hecho bien: hablaba sólo si yo le hablaba, no hacía comentarios ni preguntas innecesarias, apenas respondía las pocas que hice yo. Con Mr. Galván habría sido diferente. Los buenos modales indican que debería haberme hablado, que se debería haber interesado por cómo fue el viaje, si había habido turbulencia, si yo había podido descansar, si a mi llegada precisaba algo. Incluso hasta podría haberme hablado de trabajo, intentado adelantar algunos temas. Cuando se encuentran dos personas que apenas se conocen, los silencios son difíciles de soportar, es como si el aire entre esos dos cuerpos pesara, nunca entendí por qué. Robert lo tenía cronometrado, decía que a partir de los veintitrés segundos de silencio entre dos personas sin mayor intimidad, una de las dos se siente en la obligación de romperlo y recurre para ello a temas banales —desde el clima hasta el sabor de lo que están bebiendo—, sin darse cuenta de que el silencio habla más y mejor que lo que cada uno pueda decir para evitarlo. Aunque uno esté cansado, agotado por viajar casi doce horas, sin nada importante para comentar, parece que es más adecuado hablar —de lo que sea— que callar. Callar está mal visto, genera sospechas de algún tipo. Yo he estado callada mucho tiempo, me siento cómoda en el silencio, si por mí fuera podría aguantar mucho más que esos veintitrés segundos de la teoría de Robert. La ausencia de palabras enunciadas es un hábitat que conozco desde siempre, mi estado natural excepto cuando doy clases. Y me siento incómoda hablando del clima sin motivo y sólo porque mi acompañante no logra superar esos veintitrés segundos de incomodidad. Tal vez ése sea el verdadero origen de mi disfonía crónica: la obligación social de ir contra mi silencioso estado natural. Antes de irme nunca me había pasado, antes de irme nunca me había puesto ronca ni me había dado cuenta de que el silencio es ese lugar donde quiero estar. Después de irme supe más cosas sobre mí. La comodidad que me aporta el silencio, por ejemplo. Por suerte —esa pequeña suerte que me acompaña—, y gracias al horario inoportuno de la aerolínea en la que me sacaron el pasaje, Mr. Galván no pudo estar allí para obligarme a que no pasen más de veintitrés segundos sin decir palabra.

Garlic Institute, el colegio para el que trabajo, tiene prestigio no sólo en Boston sino en otras ciudades de Estados Unidos y del resto de América Latina.

Ese prestigio se basa, sobre todo, en que sus egresados pueden aplicar a las universidades más reconocidas de su país y de Europa sin mayores dificultades. Tiene uno de los porcentajes más altos de ingresos universitarios exitosos. Robert desarrolló un método para potenciar *skills*, habilidades preuniversitarias, que lo hizo famoso en el ámbito educativo. Hubo un tiempo en que cada semana él daba conferencias explicando su método en distintos colegios del país —de su país, los Estados Unidos—. Y desde hace unos años, también por iniciativa de Robert, que fue director del Garlic Institute hasta que la enfermedad ya no lo dejó levantarse de la cama, se realizan distintos tipos de convenios de cooperación educativa para que otros colegios, en distintas partes del mundo, puedan tener la licencia que les permita usar el método Garlic —sus programas extracurriculares y el entrenamiento para desarrollar esas habilidades preuniversitarias—, un conjunto de herramientas que en el ámbito educativo se considera de excelencia avanzada. Siempre traté de hacerle ver a Robert que, más allá de lo que él y muchos educadores valoraban su método, otros involucrados en el mercado educativo —generalmente los propietarios de las escuelas— compraban o intentaban comprar la licencia Garlic sin importarle el resultado en sí mismo sino como un sello de calidad, un diploma enmarcado y colgado en alguna pared que garantizaba ante los padres que el colegio donde matricularon a sus hijos estaba entre los mejores. Un valor más aspiracional que real: con la licencia Garlic los directivos de un instituto educativo compraban el hecho concreto de que ningún padre preguntara detalles que no podría evaluar sobre la educación de su hijo, confirmara la calidad del colegio y pagara la cuota sin quejarse. Aunque Robert con el tiempo y a su pesar llegó a comprobar que para muchos el uso de la licencia era efectivamente una cuestión de marketing más que de calidad educativa, ese método era su orgullo, sabía que valía la pena que fuera compartido y jamás se negaba a evaluar un colegio que quisiera implementarlo. Sin embargo, nunca otorgó la licencia a una institución que no cumpliera con los estándares fijados, que no estuviera dispuesta a hacer los cambios que se le pidiera, o que no los mantuviera en el tiempo —lo que verificaba con una auditoría anual obligatoria cuyos gastos debía pagar el mismo colegio afín—. La licencia Garlic era revocable en cualquier momento y por la exclusiva decisión de Robert —o por quien lo reemplaza ahora que él ya no está—. Cuando el colegio Saint Peter mandó la solicitud para ser aceptado como "colegio afín", Robert me llamó a su despacho y me lo contó. En cuanto vio el nombre chequeó de dónde procedía el pedido y supo que ese colegio era el colegio en cuestión. Sabía no sólo que yo lo conocía sino que mucho de lo que había sido —y lo que aún era— venía de allí. Él entendía mejor que nadie lo que significaba para mí tan sólo escuchar su nombre. Aunque le habría provocado un dilema ético, Robert podría haberle negado la solicitud de licencia con alguna excusa, sin mencionármelo, y así evitarse la circunstancia de volver a traer el pasado y ponerlo en medio de nosotros. Pero prefirió enfrentarlo, enfrentarme, decírmelo. ¿Por qué tantos años de pedirme que olvidara y ahora me hacía esto? Porque se estaba muriendo. Robert, para ese entonces, conocía su enfermedad, sabía que me iba a dejar sola y prefirió que me enfrentara a mi pasado cuando él todavía podía acompañarme, antes de irse. Sin embargo, calculó mal una de las variables: el tiempo. Pensó que tenía más vida por delante. Se equivocó, no llegó. Ante él, aquel día, fingí que no me importaba de dónde pedían esa evaluación para ser colegio afín, que era lo mismo ese colegio que cualquier otro y que si el colegio Saint Peter lo merecía —lo mencioné, dije su nombre, no recordaba cuántos años hacía que no lo decía—, Robert debía darle la licencia que pedían. Mentí. Luego me fui. Y nunca más hablamos del tema. Después vino el repentino agravamiento de su salud y su muerte, el velorio, el entierro, mi licencia de dos semanas. Volví a trabajar sin que el colegio Saint Peter se volviera a cruzar conmigo. Hasta que el nuevo director, el que reemplazó a Robert, me llamó a su despacho y me dijo que había sido asignada para ir a evaluar un colegio en Temperley, Argentina. Pregunté el nombre, aunque sabía la respuesta. "Debe ser un error", dije. Él no entendió, claro, por qué iba a entender: "*You are Argentine, aren't you? You could see relatives, friends...*". Sí, era argentina, soy argentina, pero, ¿por qué suponía ese hombre que tenía parientes o amigos allí? Y peor aún, ¿por qué suponía que en caso de que los tuviera iba a querer verlos? No, no era mi situación. El lugar común y el estereotipo no siempre funcionan a la hora de sacar conclusiones. Me fui ese día sin decir nada pero dispuesta a negarme. No iba a decirle al nuevo director los verdaderos motivos que me impedían ir —volver—. No tenía ganas de contarle mi historia a ese hombre ni a nadie. Ya se la había contado a Robert, y con él había sido enterrada. Aun así, tenía la seguridad de que encontraría alguna explicación válida para negarme. Aquella tarde extrañé que no estuviera Robert mucho más que ningún otro día desde su muerte. Recuerdo que me senté en el sillón en el que pasamos tantas horas, frente a la biblioteca, y desafiando su ausencia serví dos copas de vino, una para él y otra para mí. Pero Robert ya no estaba, y su copa quedó intacta. Pasó el tiempo y el asunto no volvió a mencionarse, yo tampoco dije nada, esperé. No fue sabio esperar, debería haberme anticipado, debería haber tomado yo misma la iniciativa, decir que no iba. El abismo que atrae. Hasta que una mañana me vinieron a consultar por la reserva de mi pasaje. Si prefería un vuelo vía Miami o Nueva York. Si quería viajar de noche o de día. Si me gustaba pasillo o ventanilla. Entonces supe que, por omisión, había aceptado.

Abro la valija pero sólo saco el camisón. No tengo ganas de acomodar el resto de la ropa en el placard, no todavía. Acomodo, sí, sobre el escritorio, los papeles que llevo en la mochila: evaluaciones que deberé tomarles a maestros, profesores, directores, incluso al personal administrativo del colegio Saint Peter; *check list* de puntos por considerar; el modelo de convenio de colegio afín que firmaremos un tiempo después en Boston, si es que todo sale bien. En una primera instancia, unos meses atrás y antes de aceptar mi visita, ese colegio, como cualquiera que pretenda usar la Licencia Garlic, debe haber recibido todos los papeles con los estándares de calidad por cumplir y tiene que haber adaptado sus normas, programas e instructivos a los sugeridos para el uso de la licencia. En las próximas semanas será mi tarea comprobar que todo funciona correctamente.

Apilo los formularios del Garlic Institute junto a la resma de papel en blanco, apago la computadora y la impresora. Doy algunas vueltas inútiles por el dormitorio. Me saco las lentes de contacto y las pongo en el líquido correspondiente. Me calzo mis otros lentes, anteojos de grueso cristal y armazón de carey; no conozco aún el terreno, no quisiera tropezar con algo y caerme de bruces. Sería un mal comienzo presentarme en el colegio Saint Peter con moretones inexplicables. Me miro al espejo, incluso a través de esos gruesos cristales puedo ver mis ojos celestes, mis viejos ojos, los que ya no tengo. El sueño empieza a vencerme, bostezo y al meter el aire dentro de mí lo siento viciado, áspero, como si en los últimos días nadie hubiera ventilado el lugar más que el tiempo necesario para limpiar el departamento y dejarlo en orden. Corro la cortina, abro el ventanal, del otro lado hay un pequeño balcón. La luz de la calle, unos metros a la derecha de donde estoy, apenas lo ilumina. Las paredes son de ladrillo a la vista, la baranda de hierro. Y todo alrededor, a dos metros del suelo, el balcón tiene una placa de madera lustrada puesta como revestimiento, a la que no le encuentro más sentido que una cuestión estética. Me acerco a la baranda, miro en distintas direcciones —ahora sí estoy dispuesta a ver— y trato de recordar qué encontraría si mi vista pudiera vencer la penumbra de esta noche. La casa donde viví, la casa de los padres de Mariano, el colegio Saint Peter. La barrera. No distingo ninguna de esas cosas, sin embargo las sé allí, acechando. Vuelvo al cuarto pero antes de hacerlo noto que en el piso del balcón, junto a la pared medianera, hay pequeñas bolitas oscuras, casi negras, alargadas como semillas de girasol, dibujando entre todas un círculo imperfecto. Me agacho pero no las toco, parecen heces de algún animal pequeño. Tal vez por el balcón anduvo dando vueltas una rata. O una paloma. Ardillas no, de esas que nos visitaban en cualquiera de las plazas de Boston, o cuando íbamos con Robert a la casa del lago: en Temperley no hay ardillas. Tal vez el animal que sea aún esté cerca. Heces pequeñas, en ningún caso de un gato. Miro a un lado y al otro, hacia el techo y hacia los costados, pero no veo nada que me pueda explicar cómo llegaron allí. El animal que anduvo por ese balcón no parece haber hecho nido. Busco en la cocina una escoba, una pala, y las barro. Tiro las bolitas de anónima procedencia dentro del tacho de la basura. Vuelvo al balcón, cierro la puerta, y por fin me acuesto.

Me despierto muy temprano, con las primeras luces del día. No debo haber dormido más que cuatro o cinco horas. Me maldigo: la cortina delante del balcón quedó corrida y el resplandor entra como un rayo en mis ojos. Seguramente el *jet lag* no ayuda para que duerma lo necesario, pero esa luz directa al medio de la cara atentaría contra el sueño de cualquiera. Me fastidio, no me gusta dormir menos de ocho horas, no me hace bien, me impide rendir durante el día siguiente. Y lo que es peor aún, me deja un mal aliento y un humor agrietado que me cuesta sacarme de encima en el resto de la mañana. A veces, incluso, el malhumor invade la tarde. No me doy por vencida, creo que si me esfuerzo tal vez pueda dormir unas horas más, no mucho, pero lo suficiente como para completar un sueño inconcluso y transformarlo en reparador. Por eso manoteo los anteojos que dejé sobre la mesa de luz, aunque por el momento no me los pongo, y me levanto para correr la cortina.

Antes de hacerlo miro hacia el balcón. No estoy segura de lo que veo así que me calzo los lentes. Miro una vez más, la vista dirigida al piso del balcón pero está vez a través de mis anteojos de gruesos cristales.

Y sí, ahora estoy segura: las heces están otra vez allí.

La barrera estaba baja. Ella frenó, detrás de otros dos autos. La campana de alerta interrumpía el silencio de la tarde. Una luz roja titilaba sobre la señal ferroviaria. La barrera baja, la campana de alerta y la luz roja anunciaban que un tren llegaría. Debía venir un tren. Sin embargo, el tren no llegaba. Dos, cinco, ocho minutos y ningún tren aparecía. En el asiento de atrás, los niños empezaron a cantar una canción que les habían enseñado esa misma tarde en el colegio. La canción infantil no competía con el silencio exterior de la tarde, ella tenía incorporadas esas voces como si fueran parte de su propio cuerpo. El primer auto esquivó la barrera y pasó. El siguiente avanzó y tomó su lugar. Ella esperó, no ocupó ni siquiera el espacio vacío que ahora quedaba entre su auto y el que tenía delante. Se preguntó por qué ese conductor no cruzaba como lo había hecho el anterior. Y apenas terminó de preguntárselo, el auto se movió, metió la trompa entre las dos barreras y luego se detuvo en esa posición. Ella, sin verlo, supuso al conductor mirando a un lado y a otro para confirmar que ningún tren aparecería.

Lo primero que me dice Mr. Galván, cuando treinta minutos después de su llamado de bienvenida pasa a buscarme, es: "Yo no hablo inglés". Me explica que por supuesto se enorgullece de que el colegio tenga "el mejor inglés de la zona", que seguirá trabajando para que así sea "y más aún", pero que lamentablemente él no habla inglés. "Una deuda pendiente conmigo mismo", me dice. Y yo asiento con la cabeza pero no digo palabra porque me resisto a usar como contestación cualquiera de las frases hechas que se estilarían para avalar sus dichos. Si de verdad considerara tan importante hablar bien un idioma, lo habría aprendido. Así que no le creo. Y sin solución de continuidad agrega que me quede tranquila, que hay una excelente directora de inglés, Mrs. Patrick, que es absolutamente bilingüe, vivió muchos años en Estados Unidos y es muy reconocida en el ambiente educativo. "¿En qué ciudad de Estados Unidos?", pregunto y Mr. Galván nombra una ciudad que no es Boston. Eso me tranquiliza. No conozco a Mrs. Patrick en mi nueva vida. Tampoco en la que dejé. Cuando me fui, el colegio Saint Peter estaba manejado por la familia que lo había fundado casi cincuenta años atrás, todos relacionados con la educación. Y el director del colegio, en cualquier idioma, pertenecía a esa familia: Mr. John Maplethorpe. Lo nombro, le pregunto por él, digo que leí algo acerca de la familia fundadora en los papeles donde detallaron la historia del colegio, "Buenos educadores pero pésimos para administrar un negocio", sentencia Galván. "La crisis de 2001 se los llevó puestos, al tiempo vendieron el fondo de comercio, pero todavía algún miembro de la familia queda en el consejo directivo, un cargo más honorífico que otra cosa, eran gente muy apreciada por los padres del colegio y les gusta saber que siguen ahí aunque poco hagan ya". Me acuerdo de la última conversación que tuve con Mr. John Maplethorpe, de su esfuerzo por ayudarme, de su consejo: "Tiene que ser fuerte". Pero yo no soy fuerte, nunca lo fui, no lo soy tampoco hoy aunque me haya protegido detrás de una coraza, aunque me haya blindado para no sufrir tanto. Ni siquiera soy fuerte después de haber vivido veinte años junto a Robert. La mía era una causa perdida: nada puede hacerse cuando toda una comunidad juzgó y condenó. Mr. Maplethorpe no, pero no fue suficiente. Era un hombre sabio, formador de personas, un verdadero educador, muy alejado del concepto de empresario exitoso que muestran hoy los dueños de algunos colegios. Siempre pensé que Robert y Maplethorpe deberían haberse conocido. Por eso tal vez, porque le importaba más el proyecto educativo del Saint Peter que el negocio, no debe haber sabido qué hacer con la crisis económica de 2001 que habría arrasado su colegio si no hubiera encontrado quien lo comprara. Ni supo tampoco qué hacer conmigo unos años antes, más que venir a verme con una caja de bombones y decirme: "Tiene que ser fuerte". Un hecho que, a pesar de lo inútil, recordaré siempre como el único gesto de humanidad que recibí en aquel momento.

Mr. Galván no coincide en nada con la imagen que me hice a partir de conocer su nombre: es un hombre de poca estatura, con unos cuantos kilos de más, pelado. Sin embargo se maneja como si fuera sexy. Habla como si fuera sexy, se mueve como si fuera sexy. Sonríe como si fuera sexy. Y usa un perfume penetrante que él seguramente considera debe usar un hombre sexy. Tanto tiempo rodeado de docentes mujeres lo debe haber convencido de que lo es. No es que en la educación no haya hombres, pero sin duda las mujeres son mayoría. Algún maestro perdido cada tanto. Un hombre entra en la sala de profesores y a poco de dar unos pasos los estrógenos revolotean a su alrededor como mosquitos. Nada de testosterona, o muy poca. En el Garlic Institute la proporción masculino/femenino está un poco más equilibrada. Pero según el recuerdo que yo tengo, en los colegios de la Argentina se verifica una relación equivalente a la que aparece en el listado de docentes que el colegio Saint Peter mandó como parte de los formularios de inscripción. Un 85 por ciento de mujeres, un 15 por ciento de hombres. Los varones del Saint Peter: dos profesores de Educación Física, el profesor de Sociología, un profesor de Química, otro de Tecnología y alguno más que seguramente no recuerdo. Y Mr. Galván, al que el poder —más aún que la escasez— lo coloca en un lugar de privilegio. La sobreoferta de estrógenos convierte en sexy a cualquier hombre que no ande distraído. Mr. Galván no parece un hombre distraído.

Cuando subimos al auto se acerca el encargado del edificio para ver si encontré todo bien, si necesito algo —seguramente tiene asignada la tarea de ser solícito con los que ocupan el departamento propiedad del colegio Saint Peter, incluso sin que se le pida—. Estoy por decir que está todo bien —pregunta de compromiso, respuesta de compromiso—, pero me acuerdo de las heces. Mr. Galván se muestra exageradamente sorprendido con mi comentario, como si él mismo se sintiera en falta. "Qué circunstancia desagradable", dice Galván. El portero me aclara que le parece muy raro lo que le cuento porque el edificio es fumigado todos los meses. Pero me advierte que con tanto árbol cerca es probable que haya sido algún animal de paso dispuesto a comer insectos que revolotean en los alrededores de la luz del balcón. Me sugiere que esta noche no la encienda a ver si se repite "la circunstancia", y mira a Mr. Galván cuando le roba su eufemismo. Sé que la noche anterior la luz del balcón tampoco estuvo encendida porque cuando salí a tomar aire —recuerdo que busqué la casa de los padres de Mariano, mi casa, el colegio— todo estaba en penumbras, apenas iluminado por el farol de la calle. Y ni siquiera vi dónde está la llave de luz para encenderla. Sin embargo no lo digo porque no quiero desbaratar la teoría del encargado, siempre hay que dejar una hipótesis en pie, si no el problema se intuye irresoluble y eso molesta mucho más aún que el silencio mayor a veintitrés segundos entre dos personas que casi no se conocen.

Además de su consejo relacionado con la teoría de la luz encendida, el encargado se ofrece a dar una mirada al balcón por la tarde, cuando yo regrese del colegio. Le digo que sí y se lo agradezco, pero sé que no tendré ganas de visitas cuando termine mi día en el Saint Peter. Antes de arrancar el auto Mr. Galván vuelve atrás en la conversación y le pregunta en qué clase de animal está pensando cuando habla de esas visitas nocturnas en busca de bichos. "Murciélago", responde el portero. *Bat*, pienso yo. E inmediatamente me viene a la cabeza un recuerdo de cuando era niña: en el balcón terraza del departamento de Caballito revoloteaban de tanto en tanto algunos murciélagos. Incluso algunas veces, por las mañanas, aparecían varios de ellos aferrados con sus patas al alambre mosquitero. A mi madre, si la puerta estaba abierta o nosotros en el balcón, la llegada de los murciélagos le producía un terror que no ocultaba sino todo lo contrario. ¡El pelo, el pelo!, gritaba mientras corría a atarme el cabello en una especie de rodete improvisado y a continuación se ataba con la misma velocidad el suyo. Luego me contaba la historia de una niña a la que un murciélago se le enredó en el pelo y tuvieron que cortarle varios mechones para separarlo de su cabeza. La imagen me perseguía en sueños. Las patas del roedor alado enredadas en mi propio pelo. A pesar de la contundencia del relato de mi madre, mi padre subestimaba la historia del murciélago y la cabellera: "No digas tonterías, mujer, eso es un cuento". Pero ella aseguraba que la niña era la hija de una amiga de una amiga —sin dar nombre de una amiga ni de la otra— como si eso fuera garantía de que el hecho era real. Yo, a diferencia de mi padre, aceptaba el relato de mi madre y hasta lo agradecía —más allá del miedo que me provocaba la posibilidad de un murciélago enredado en mi cabello— porque era una de las pocas veces en que mi madre se veía entusiasmada por algo y me tocaba, aunque sea para ponerme una cinta en el pelo.

Todo sucede en un instante: Mr. Galván pregunta qué animal, el encargado dice murciélago, yo me digo a mí misma *bat*, aparecen en el recuerdo los murciélagos de mi infancia en Caballito, y automáticamente me llevo la mano al cabello —sin importar que ahora lo lleve tan corto como el de un varón, pelirrojo, una cabellera donde no podría enredarse jamás el murciélago del cuento de mi mamá—. Toda la secuencia transcurre en menos de un minuto. Sin embargo, se necesitan muchas palabras para contar minutos, segundos, instantes, fracciones de tiempo apenas perceptibles. La secuencia se da con una rapidez que las palabras que la cuentan no pueden acompañar. Así como se pueden necesitar años para que lo que sucede en un instante, y las palabras que lo cuentan, desaparezcan. A veces, incluso, no se logra que desaparezcan nunca. Un instante que nos acompaña la vida entera recreado en palabras una y mil veces como una condena. El tiempo comprimido y el relato de ese tiempo que lo expande para poder entender.

El asunto del murciélago hace que no preste atención al camino que escoge Mr. Galván, que por casualidad —o suerte como diría mi madre, una suerte pequeña— no pasa por delante de ninguno de mis lugares prohibidos. Sigo con la mano en el cabello, acariciando las cortas puntas desmechadas sobre la nuca, cuando me doy cuenta de que hemos llegado. Mr. Galván estaciona frente a la puerta del Saint Peter y alguien se acerca a tomar las llaves de su auto para acomodarlo en el estacionamiento. Antes, veinte años atrás, el colegio no tenía estacionamiento, no éramos tantos. Ni había la cantidad de autos que hay hoy dando vueltas por las calles de Temperley. Algún padre de camino al trabajo que dejaba a sus hijos a las apuradas y seguía. No todas las familias tenían un auto disponible para que la madre llevara a los chicos al colegio —yo tenía auto, tuve auto—. Entonces era común que muchos alumnos llegaran caminando. "Hoy", me dice Galván, "hasta los chicos de quinto año vienen con su propio auto, no tenemos dónde meterlos".

El edificio es tal como lo recordaba. Un chalet sobrio, de ladrillo blanco con carpintería pintada de color verde inglés. Sólo que le adosaron dos edificios linderos, uno a cada lado, tratando de respetar el estilo original con poco éxito. El cartel con el nombre también es otro. Creo que es otro, me cuesta recordarlo con precisión, pero al menos no reconozco el que tengo frente a mí. Estoy casi segura de que las letras ahora son más modernas, el color azul un poco más llamativo, y debajo del nombre —SAINT PETER— agregaron: "Bachillerato bilingüe desde 1998". Probablemente, si pasan los exámenes y pruebas que tengo que realizar en estas semanas, volverán a cambiar el cartel para poder destacar: "Licencia Garlic, colegio afín certificado". Y agregarán, al escudo propio, el nuestro.

El primer día está destinado a recorrer el edificio, mirar papeles, cuestiones administrativas. Luego vendrán los exámenes. En el caso de los docentes, se evalúa a uno por uno en entrevistas particulares. Al personal administrativo se lo evalúa globalmente y por sus resultados. La entrevista individual con quienes forman a los alumnos es una parte fundamental del método. Se pacta un encuentro que arranca con una charla social, coloquial, de presentación, para compartir un rato con el evaluado antes de que se sienta en situación de examen y aunque ya lo esté. Después se le hacen dos baterías de preguntas. Con la primera se lo evalúa técnicamente, tanto acerca de la materia que desarrolla como en lo pedagógico. Con la segunda se ahonda en cuestiones de personalidad y de actitud. Por fin el evaluado expone un tema a su elección y luego escribe un texto libre, lo más libre posible, si no tiene nada que ver con el proceso de selección, mejor. En ese texto se puede ver no sólo el uso del lenguaje, sino si elige hablar de él, de los demás, en presente o en pasado, un relato real o ficcional. Primera persona, segunda o tercera. La evaluación es exhaustiva y en este punto, en la gran importancia que se le da a la preparación de cada maestro o profesor del colegio evaluado, es donde radica también el talón de Aquiles del método, lo poco que han podido criticarle: la alta rotación docente hace que el personal pueda cambiar cada año, incluso pueda cambiar dentro de un mismo año lectivo. A lo que Robert respondía: "Ningún colegio con alta rotación docente puede ser bueno; si se les paga bien, si se los motiva, si se les dan mayores responsabilidades de acuerdo con su propio compromiso, se fomenta la pertenencia y la estabilidad del *staff*". Lo escribió en el libro que se le entrega a cada colegio que solicita ser "colegio afín" y usar la licencia Garlic. La Argentina es un lugar particular que Robert nunca terminó de entender bien, así que tratar de explicarle la existencia del trabajo en negro, que no siempre se pagan las horas extras, que la capacitación muchas veces se hace por iniciativa del propio docente, y que exámenes, cuadernos, monografías y otros trabajos del alumno se corrigen en la casa de cada profesor, en horas no remuneradas, y mientras se prepara la comida y se atiende los niños propios, era una empresa vana. Robert decía que yo exageraba, que no podía ser tal como lo contaba, que mis traumas relacionados con la Argentina no me dejaban verla con objetividad. Yo acababa diciéndole que sí, que probablemente veía las cosas peor de lo que eran. Pero lo hacía por terminar una discusión sin sentido, no porque creyera que él tuviera razón. Entendía que Robert no pudiera entender. Y a su vez, me espantaba menos que a él una realidad que conocía, un contexto que me era familiar aunque hiciera tantos años que ya no vivía allí. O aquí.

Recorro con Mr. Galván pasillos que conozco de memoria pero hasta hoy suspendidos en un lugar que no estaba a mi alcance, agazapados en los límites de la memoria. Sé que en cualquier momento también me cruzaré con alguien a quien conocí. Eso será inevitable. Alguien de aquella época tiene que quedar en este colegio. El abismo que atrae y espanta. Tengo que mantener la calma. Me digo que me protege mi nuevo color de ojos, mi pelo rojo que de tan corto no será atractivo para ningún murciélago, mi tono inglés y ronco aunque hable en castellano con Mr. Galván porque no sabe hablar otro idioma, mis diez kilos menos. Y mi nombre: Mary Lohan. Paso por aulas donde estuve, ventanas por las que miré, atravieso el patio que sigue igual a como lo recordaba: el mástil en el centro, unos metros de baldosa y luego césped, con algunos pocos árboles, creo que son los mismos árboles de entonces. Galván me habla y yo apenas lo escucho. Me pregunto una vez más si habrá sido una buena idea haber venido. Por momentos tengo la sensación de que todo acabará muy mal, que no podré evaluar al colegio Saint Peter por mi propia incompetencia y que mi viaje terminará siendo un escándalo. Que volveré a Boston con el trabajo incumplido y me echarán del Garlic Institute —ser la viuda de Robert Lohan no me da prerrogativas si hago mal la tarea que me encomendaron—. Pero me alivia pensar en Robert, y en que si él estaba dispuesto a mandarme a este lugar es porque puedo lograrlo.

Avanzo y ahora pienso en él —no en Robert, en él—, no puedo evitarlo, lo siento ahí, caminando a mi lado, lo espanto, le pido que se vaya, pero vuelve, me toca, tira de mi mano, se esconde del otro lado, al costado de Mr. Galván. Sé que no puede estar allí veinte años después, pero está, siguiéndome adonde voy, con la misma apariencia que tenía entonces, como si no tuviera —igual que yo— veinte años más. Años que le deben haber quitado suavidad a su piel, que tal vez le opacaron el brillo de sus ojos como lo hicieron con los míos, que volvieron su andar más certero, más adulto, pero también más sobrio y preocupado. Suposiciones, todas suposiciones. Yo no sé cómo es él hoy. No sé dónde está él hoy. O si sigue viviendo en Temperley, ni en la Argentina. Ni siquiera sé si vive. ¿Y si no viviera? No, eso no es posible.

El día se va y Mr. Galván me lleva al departamento. En lugar de aliviarme por esta primera jornada de trabajo que termina en calma, me da mala espina no haberme cruzado con nadie que yo conozca o me conozca a mí. Es verdad que no empezaron las entrevistas, pero recorrí el colegio, anduve por los pasillos, trabajé en la oficina que me asignaron, fui al kiosco a comprar unas pastillas, estuve sentada con Mrs. Patrick tomando un café en los sillones de la entrada y no vi ninguna cara de aquel entonces. Una vez más revisé las listas de personal sobre el final de la tarde y apenas me sonaron tres nombres incluidos en la lista de profesores. Susan Triglia, Dolores Almada y Verónica López, sigo pensando en esos nombres mientras miro por la ventanilla del auto de Mr. Galván y dejo que me cuente una anécdota que no escucho acerca de un viaje que hizo alguna vez a Washington, "pero nunca estuve en Boston". Me parecen nombres de personas que conocí en alguna época, pero no les puedo poner la cara correspondiente. Ni recordar a qué se dedicaban, ni si eran amigas mías o conocidas o qué. Sus nombres son, apenas, un sonido familiar, una música que reconozco haber escuchado antes. Sólo eso, no puedo ligar esa música con un recuerdo concreto. He borrado mucho de aquellos años. En un esfuerzo por olvidar lo que me producía dolor, olvidé detalles cotidianos inútiles pero inofensivos, nombres de calles, de negocios, relaciones, parentescos. De todos modos no fue eficaz, aunque despojado de otros recuerdos el dolor sigue allí, lo que lo hace más brutal, como si ocupara un escenario vacío donde todas las luces se concentran sobre él. Lo que vi a mi alrededor durante este día me es ajeno: gente joven, personas que no pueden haber sido profesores o maestros en la época en que yo frecuentaba el colegio. Alta rotación, eso que Robert descalifica en la educación, un primer punto en contra en la evaluación del colegio Saint Peter. Me pregunto si esto seguirá así, sin que me encuentre con nadie, sin que nadie me descubra. O si tal vez no me crucé con alguien que conozca o me conozca apenas por casualidad, porque el encuentro no será hoy sino otro día. La calma que antecede a la tormenta. A lo mejor hoy era tiempo de calma y las entrevistas el tiempo de la tormenta que aguarda el momento más adecuado para empaparme.

Entro en el edificio y se me acerca el encargado, parece que hubiera estado esperándome. Me dice que por favor me fije si hay otra vez "caca" en el balcón. Me asombra que diga "caca" después de haber hablado de las "circunstancias". Como si no estando Mr. Galván presente, él sintiera que está permitido llamar a las cosas por su nombre. O como si quisiera mostrarse más afable conmigo, más cercano. Le digo que me fijo y cualquier cosa le aviso, pero sé que no lo voy a hacer. Una vez que entre en el departamento que ocupo cerraré la puerta y no la abriré hasta la mañana siguiente. Hoy no podría tolerar hablar con nadie más.

Dejo las cosas sobre el escritorio y voy a mi cuarto, abro la ventana: otra vez hay heces junto a la pared. Es una ubicación verdaderamente extraña, muy pegada a la medianera. Arriba del círculo de heces no hay nada de donde un murciélago pueda colgarse: ni lámpara, ni viga, ni tirante. Levanto la vista y lo verifico una vez más. Me pregunto por qué nunca vi heces de murciélago en el balcón de la casa de mis padres, si cada tanto venían a visitarnos. Me imagino a mi padre barriendo apurado o agitando alguno de sus libros para que las hojas en movimiento hicieran de escoba improvisada, logrando así que las bolitas negras cayeran a la calle antes de que mi madre las viera y saliera corriendo a atarme el pelo.

Voy a mi cuarto, revuelvo dentro de la cartera y regreso al balcón con un cigarrillo encendido —no fumo con continuidad hace años, mi disfonía lo tiene contraindicado, pero siempre llevo un paquete conmigo y hoy necesito un cigarrillo, más que en la boca, entre mis dedos, moverlo entre el índice y el mayor, girarlo con el pulgar, sostenerlo en el aire y observar su extremo encendido, el hilo de humo que serpentea sobre mi cabeza—. Me siento en el piso y espero, no sé qué pero espero. Ningún animal se acerca. Doy una pitada, dejo caer la ceniza en la cuenca que formo con mi mano izquierda. Me levanto y busco la llave de luz del balcón, la enciendo. Regreso, miro otra vez hacia arriba, me siento en el piso, recostada en la pared contraria a aquella donde aparecen las heces. Espero. Al poco tiempo el lugar se llena de insectos: mosquitos, mariposas, bichos de los que no conozco el nombre, ni en castellano ni en inglés, todos revoloteando alrededor de la luz encendida. Me entusiasmo. Pero no aparece ningún murciélago. Toco mi cabello como si aún llevara una melena donde pudiera enredarse uno de su especie, como si mi madre pudiera hacer todavía hoy un rodete con mi pelo. Doy tres o cuatro pitadas más. Pienso en el instante que se cuenta con demasiadas palabras y en el que dura toda una vida no importa con qué palabras haya sido contado. Siento que ese murciélago que viene a dejar su inmundicia a mi balcón también sabe qué es el instante, su instante: una pequeña fracción de tiempo bajo esa luz encendida, cazar los insectos que hagan falta, y luego desaparecer. Un fragmento de tiempo casi imperceptible en el que aletea ciego.

Bajo el cigarrillo a medio fumar, lo dejo a un costado. Cierro los ojos, dormito un rato que no sé cuánto dura. Tal vez minutos, media hora, cómo saberlo, no hay certeza de ese momento que se escurre.

Lo único cierto es que cuando abro los ojos hay más heces de procedencia desconocida a mi alrededor.

Me aterra el fin de semana por delante, aún falta pero ya Mr. Galván sugiere que puede llevarme de paseo, organizar un asado, presentarme algunos amigos. Rechazo todos sus ofrecimientos con cortesía aunque con firmeza. Le digo que estoy trabajando, escribiendo algo, y que me viene muy bien quedarme el fin de semana sola, en el departamento, corrigiendo el borrador. No miento, en rigor de verdad escribo este texto —"Cuaderno de bitácora"— que arrancó en el aeropuerto Kennedy, después de viajar en tren de Boston a Nueva York, cuando me fui para volver. La semana, en cambio, con su rutina, creo que la tengo dominada. Todo el día en el colegio evaluando a cada uno de los docentes —cambia el entrevistado pero no deja de ser siempre la misma escena que se repite una y otra vez—. Luego regreso al departamento donde el encargado me espera con nuevas hipótesis acerca de la procedencia de las heces del balcón, y no mucho más. De vez en cuando algún recorrido por el barrio, cada vez un poco más lejos, pero sin acercarme nunca a los lugares prohibidos. ¿Seguirá viviendo donde yo lo dejé? No quiero cruzarme con él y quiero cruzarme con él al mismo tiempo, en un mismo deseo. La cobardía me inclina por la primera opción, la necesidad de no ponerme en riesgo. Sin embargo, ¿cuál es el verdadero riesgo? ¿Verlo, cruzarme con él, mirarlo a los ojos? ¿O estar a pocos metros y no mirarlo, no buscarlo, no saber de él aunque sea una última vez? Creo que Robert quiso que viniera para que, al fin, me hiciera estas preguntas. Preguntas que no me hice por años. Allí, en la interrogación, está el asunto. Aunque no tenga aún respuesta, aunque sólo sepa que ni siquiera puedo tolerar imaginar su mirada clavada en la mía veinte años después. ¿Qué le diría?, ¿qué me diría? Entonces, como no puedo contestar, dejo que el tiempo pase. No en silencio como lo hice todos estos años, ahora al menos pregunto. Y trato de concentrarme en la tarea que me encomendó el Garlic Institute, me esfuerzo por que esa tarea esté cumplida pronto, en tiempo, y así volver a salvo a Boston, mi lugar ahora. Este otro lugar —Temperley, aquel donde viví— me sigue siendo ajeno. Siempre me será ajeno.

Algunos días le pido a Mr. Galván que no pase por mí y voy caminando hasta el colegio. Como hoy, hoy voy caminando. Pero elijo el camino que busqué en Google Maps antes de que el avión partiera, ese que no me hará pasar por ningún lugar prohibido. Me cuesta reconocer las calles, los negocios. Creo que algunas casas que no encuentro fueron reemplazadas por edificios. Que viejos negocios desaparecieron y aparecieron nuevos. Me confunden otros colores, otra arquitectura —las casas que veo ya no conforman ese barrio inglés que conocí, ahora se mezcla todo—, la prepotencia de algunos afiches políticos que no sé de quiénes hablan ni qué prometen, la suciedad de las esquinas, la falta de baldíos. Hay más tránsito en las calles, más ruido, más gente que viene y va. Me sorprende de todos modos que nada de lo que veo —aunque cambiado— me produzca un reencuentro con mi pasado, que no se me imponga a pesar del esfuerzo de estos años por olvidarlo. Sé que estoy anestesiada o encallecida, pero de todos modos me sorprende. Entro a un negocio, luego a otro, miro a mi alrededor, busco a un vendedor que me haya atendido alguna vez, hace años, cuando era rubia, cuando tenía ojos celestes. Hasta que por fin me doy cuenta de que en el fondo no estoy buscando a alguien que yo conozca sino a alguien que me reconozca a mí. A pesar de mi pelo rojo, de mi delgadez, de mis ojos marrones. Sin embargo en este caso no es el abismo que atrae, no es la sensación de peligro, de riesgo inminente, de revelación del engaño. Es otra cosa: yo hice todo para olvidarlos, los maté dentro de mí, ¿pero ellos también me mataron? ¿Nadie me ve? ¿Me habrá visto alguien alguna vez? Si no hubiera estado aquel día frente a la barrera, ¿me habría visto alguien? Por fin en la farmacia, la mujer de la caja duda, me extiende el cambio por las aspirinas que compré pero se queda con los billetes en el aire sin terminar de dármelos. Me mira a los ojos: "¿Sabe que usted me hace acordar a alguien?", me dice. Me tiemblan las piernas. No puedo responder, espero. Me asusta pero también me alivia que alguien me haya visto, a pesar de los kilos perdidos, de mi pelo colorado. "Pero no", dice, "no quiero ofenderla, si usted supiera a quién me hace acordar...". "¿A quién?", le pregunto, balbuceo, apenas me hago oír, lo repito sin subir el tono: "¿A quién?". No me dice a quién, sólo: "Mejor ni acordarse de ella. Una porquería de mujer, olvídese, perdón...". Me da la plata y busca el siguiente ticket para cobrar. Me cuesta moverme de ese lugar donde estoy parada con mis aspirinas y el cambio en la mano. Permanezco inmóvil frente a ella.

"Perdón", vuelve a decir, "olvídese". Se disculpa de una ofensa que yo podría no entender, pero entiendo. Salgo, camino unos pasos y lloro. Lloro por fin. Se me empañan las lentes de contacto. Se nubla levemente lo que veo. Una porquería de mujer.

Llego al Saint Peter con los ojos húmedos. Voy directo al baño. Cuando lloro las lentes se corren de lugar y veo borroso. Dice mi oculista que no les pasa a todos sus pacientes que usan lentes de contacto, sólo a los que lloran "de una manera muy particular". Busco en la cartera el líquido donde se las enjuaga pero no lo traje. El agua de la canilla no sirve. Lo hago con mi propia saliva, el líquido que más se parece a la solución de la que no dispongo. Salgo algo más compuesta, voy a mi oficina y enciendo la computadora. Una vez más Mr. Galván me advierte que la lista de profesores para ser evaluados sufrió unas pequeñas modificaciones por bajas y altas de personal —esa rotación que Robert desaconseja y le restará puntos a la evaluación final como colegio afín— y se extraña de que no me haya llegado el mail donde me informaba los cambios. Intuyo que Mr. Galván nunca envió ese mail, que los profesores que se fueron en los últimos tiempos acaban de ser reemplazados por otros. La excusa de un mail que se pierde en el espacio cibernético a él le parece adecuada y a mí inaceptable. Me dice que enseguida me lo reenvía pero no lo hace, a esta altura me da lo mismo, saber o no de antemano el nombre del entrevistado no modifica nada. O eso creo.

Mientras tanto las entrevistas que se sucedieron hasta ahora fueron bastante similares y debo reconocer que el personal que recibo para evaluar está adecuadamente formado y entrenado para la tarea que tiene asignada. Susan Triglia, que apareció el segundo día, resultó ser alguien que conocí —tal como lo sospechaba—. Una profesora que entró al colegio uno o dos años antes del episodio que me hizo huir. No me relacioné demasiado con ella, pero la recuerdo de algún acto, de los *sports* o de las fiestas de fin de año. No creo que ella me recuerde. O al menos no me recordaría si yo no hubiera sido una persona tristemente célebre en esa comunidad educativa. De cualquier modo, estoy segura de que no tuve demasiado trato con ella, así que a mitad de mañana —y dada algunas características de falta de concentración que Triglia manifestó en la entrevista— me convencí de que nunca se daría cuenta de quién soy.

Verónica López está en la lista pero no en el colegio, y cuando la esperaba se abrió la puerta y entró un muchacho de veintipico de años, que resultó ser su reemplazo desde hacía un mes —uno de los reemplazos que Galván dijo haberme informado en ese mail que nunca me envió—.

En cambio cuando hoy llega el turno de Dolores Almada el estómago sí se me da vuelta. A ella la conocí mucho, no digo que fuéramos amigas —hoy sé que nunca tuve amigas en este lugar—, pero teníamos una relación. No me terminé de dar cuenta de quién era antes, al mirar la lista, aunque su nombre me había dado una señal de alerta. Yo la conocía por su apellido de casada, Valenti. En aquel momento no trabajaba ni en el colegio ni en ninguna otra parte, iba de un lado al otro atrás de un par de mellizos que se portaban bastante mal. Y usaba para todo su apellido de casada. Se presenta hoy —"Dolores Almada, mucho gusto"—, me da la mano, me dice que es bioquímica —¿por qué nunca supe que era bioquímica?— y que trabaja en el colegio como profesora de *Science*. Al principio me siento intimidada, pero a medida que habla con seguridad y como si nunca me hubiera visto en la vida, la intimidación se va transformando en irritación. Ella estuvo en mi casa, compartió cenas conmigo, cumpleaños, ¿es capaz de no darse cuenta de quién soy? Para la segunda batería de preguntas la miro desafiante y espero que ella haga lo mismo. Sin embargo Dolores Almada está tan preocupada por su evaluación, por darme una buena impresión a esta que soy, a Mary Lohan, que no se le cruza por la cabeza la que fui. Más bien se muestra inquieta, como si mi mirada tuviera que ver con que sus respuestas no son satisfactorias. Se esfuerza aún más, contesta mis preguntas explayándose exageradamente, trata de mostrarse segura. Mientras yo lo único que quiero es que dude. Para la mitad de la entrevista su falta de registro me irrita tanto que le gritaría en la cara: ¿Pero vos no te das cuenta de quién soy? Un poco antes de terminar la entrevista siento que estoy a punto de hacerlo. Entonces me preservo, doy por terminadas las preguntas, le digo que vaya a donde le resulte más cómodo, escriba su texto personal y me lo traiga en una hora. Sin esperar a que se levante, pido disculpas y me meto en el baño. Me lavo la cara. Me miro en el espejo, lloro unas lágrimas distintas de las que me robó la señora de la farmacia, y me pregunto si de verdad no queda en mi rostro nada de la que fui.

Una hora después, Dolores Almada me entrega su texto, lo leo en cuanto se va. Un texto desechable, lleno de lugares comunes, de adjetivos innecesarios

—la nieve blanca, la tenue brisa, la tibia tarde—. No influirá directamente sobre su evaluación pero que Dolores Almada escriba un texto tan mediocre, tan impersonal, tan porquería, me da cierta satisfacción. Sin embargo, la palabra porquería aplicada a su texto me recuerda el uso que le dio a esa palabra la mujer de la farmacia. Lloro por tercera vez en el día. Las lentes de contacto se vuelven a correr de su lugar. Me las quito pero no las enjuago en mi saliva para ponérmelas otra vez sino que las cambio por los lentes de armazón; sería en vano enjuagarlas, sé que seguiré llorando por un largo rato. Aunque esta vez el llanto es por otro motivo: lloro porque el lenguaje —como el camino que uno no elige de antemano— es una zona de riesgo que te puede hacer pasar por donde más duele.

El día sigue, previsible, acotado dentro de los márgenes de mi propia tarea. Pero entonces, cuando todo parece bajo control, sobre el fin de aquella tarde, un poco después de que me vuelvo a poner las lentes de contacto porque creo que ya no habrá más lágrimas y casi logro olvidarme de la mujer de la farmacia y de Dolores Almada, cuando la inquietud que me acompaña se reduce a preguntarme si a mi regreso encontraré una vez más las heces que algún animal habrá dejado como una ofrenda en mi balcón o lo encontraré limpio, es que sucede lo que tenía que suceder. Después de días de sentimientos contradictorios, de no tener en claro si lo que quiero es que me vean o pasar inadvertida, después de atreverme a caminar por la ciudad pero evitando los lugares que me pueden poner en peligro, después de preguntarme si el riesgo es cruzarme con él o volverme a Boston sin haberlo visto una última vez, hoy, aquí, en el mismo colegio Saint Peter, se abre la puerta y él está allí, frente a mí, con una mano en el picaporte, sosteniendo un libro con la otra. Siento que mi corazón se detiene. Sé que no es así, que no puede ser así, que por el contrario debe estar latiendo a una velocidad aún mayor que la habitual. Pero yo siento que el latido de mi corazón se detiene. Podría no reconocerlo, pasaron muchos años, de hecho aún no termino de comprender que ese que está frente a mí es él. Pero dentro de mi cuerpo suena una alarma que lo anuncia, y entonces bajo la vista y busco su nombre en el listado, el nombre que reemplaza a quien debió presentarse originalmente. Y su nombre escrito en el papel se me incrusta en el medio del estómago. Levanto otra vez la vista. Su mirada, inocente, joven, libre de culpa y cargo, clavada en la mía. Su voz, otra voz, que me pregunta si soy Mary Lohan. Y yo que no puedo responder. Ni puedo levantarme de la silla, aunque lo intento. Que no logro hacer el mínimo gesto para indicarle que sí, que lo soy, que soy Mary Lohan también para él. Porque ahí, frente a mí, en el lugar que nunca sospeché —¿por qué no allí?— está él, quien a pesar de mi falta de respuesta avanza dos o tres pasos hacia mí y me informa que es el profesor de Historia del colegio —*History*, dice—, que tenemos una cita para primera hora de la mañana siguiente y que quería chequear si en la lista figura su nombre o el de la Sra. Marta Galíndez a quien reemplaza desde hace un mes. Él. Después del vértigo y de la alarma, ahora lo sé. La certeza de saber quién es aunque hayan pasado más de veinte años. Y compruebo que el corazón no se detuvo porque ahora late de una manera tal que estoy convencida de que, con poco esfuerzo, él podría oírlo aun a esa distancia que nos separa. Las manos me transpiran. La lapicera con la que estaba escribiendo cuando entró a la oficina se me resbala y rueda por el piso. Él se agacha a levantarla, da unos pasos más y me la extiende mientras dice su nombre que yo ya conozco: Federico Lauría. Su mano junto a mi mano, para llevar a cabo un acto tan banal como entregarme la lapicera que se acaba de caer. Una mano que conocí, que aún hoy conozco. Su mirada en la mía. Y luego su mirada que baja y se detiene sobre mi mano. La lapicera como un puente entre los dos.

Por fin levanta la vista y me dice: "Nos vemos mañana".

Otra vez mira mi mano —que ahora aferra la lapicera—, y se queda con la vista clavada allí. Parecería que el entusiasmo y la energía con los que entró en mi oficina un rato antes se le hubieran gastado y necesitara reponerlos. Permanece así un instante que no puedo calcular en segundos, tampoco en palabras.

Yo me habría quedado así, sin movernos, sin decir nada. Pero al rato él agita la cabeza con suavidad, como si se despertara de un sueño o regresara de un pensamiento que lo alejó.

Me saluda y se va.

Mi hijo se va.

La barrera estaba baja. Ella frenó, detrás de otros dos autos. La campana de alerta interrumpía el silencio de la tarde. Una luz roja titilaba sobre la señal ferroviaria. La barrera baja, la campana de alerta y la luz roja anunciaban que un tren llegaría. Debía venir un tren. Sin embargo, el tren no llegaba. Dos, cinco, ocho minutos y ningún tren aparecía. En el asiento de atrás, los niños empezaron a cantar una canción que les habían enseñado esa misma tarde en el colegio. "Incy Wincy araña tejió su telaraña." La canción infantil no competía con el silencio exterior de la tarde, ella tenía incorporadas esas voces como si fueran parte de su propio cuerpo. "Vino la lluvia y se la llevó." El primer auto esquivó la barrera y pasó. El siguiente avanzó y tomó su lugar. Ella esperó, no ocupó ni siquiera el espacio vacío que ahora quedaba entre su auto y el que tenía delante. "Y salió el sol y se secó la lluvia." Se preguntó por qué ese conductor no cruzaba como lo había hecho el anterior. Y apenas terminó de preguntárselo, el auto se movió, metió la trompa entre las dos barreras y luego se detuvo en esa posición. Ella, sin verlo, supuso al conductor mirando a un lado y a otro para confirmar que ningún tren aparecería.

No sé cómo logré llegar al departamento. No sé si me trajo Mr. Galván, si caminé, si me metí en un taxi o qué. Tampoco sé si el portero me esperaba o no cuando llegué al edificio. O cómo logré encontrar las llaves en mi cartera y meterlas en la cerradura. Es como si hubiera abierto los ojos después de un tiempo en coma y me encontrara aquí donde estoy: sentada en el balcón, junto a las heces, tiritando de frío, con las rodillas apretadas contra el pecho, los brazos rodeando con fuerza las piernas, mis manos aferradas a los codos. Lloro. Todo el tiempo que pasó entre ese instante en que la mirada de mi hijo quedó clavada en mi mano y este momento, ahora, en este balcón, desapareció, no hay reconstrucción posible, no hay cómo contarlo. Hay un hueco, un intervalo vacío de palabras, de imágenes, de olores; ya tuve otros huecos, lapsos que desaparecen entre un instante y otro muy posterior.

Mi hijo veinte años después. Mi hijo presentándose frente a mí cuando termina la tarde. Mi hijo que entrará mañana otra vez a esa oficina para que yo le haga tontas preguntas que me permitan evaluarlo como docente —como profesor de *History*— cuando lo único que quisiera hacer es... ¿abrazarlo?, ¿llorar con él?, ¿pedirle perdón aunque sepa que su respuesta puede doler tanto como me dolieron estos años lejos de él? ¿Por qué mi hijo eligió estudiar Historia, si es que ésa fue la carrera que eligió? ¿Qué maestro, qué modelo, qué libro, qué hecho hizo que ese niño de seis años se convirtiera en profesor de historia? ¿Pue-do permitirme la ilusión de creer que haya sido algo que yo sembré en él en esos pocos años que vivimos juntos? ¿Cuánto del Federico de hoy —el que hace unas horas abrió la puerta de mi oficina y se presentó delante de mí— ya estaba allí, dentro de ese niño que dejé? ¿Qué peso habrá tenido mi ausencia en lo que mi hijo es hoy? Un hueco. El tiempo que él vivió sin mí, los años que yo no viví con él. No sé qué es lo que hoy quisiera hacer estando frente a mi hijo veinte años después, nunca me permití pensar-lo. Nunca me permití sentirlo. Pero seguro que no es preguntarle cómo prepara, estructura y da una clase de historia para los chicos del colegio Saint Peter.

Lloro, desconsoladamente, abrazada a mis pier-nas otra vez. Lloro sin mis lentes de contacto, con los de armazón de carey a mano por si necesitara cal-zármelos para ver algo. Aunque no necesito ver sino llorar. Lloro con gritos, con movimientos del cuerpo que podrían considerarse convulsiones. Me quedo sin aire. Y entonces me detengo, respiro con profundi-dad, trato de mantener un ritmo de respiración que me devuelva a una calma imposible. Pero cuando creo que lo logro, vuelvo a llorar. Pasan las horas. Me doy cuenta porque la luz del balcón va cambiando, cambios primero imperceptibles, luego más nítidos, hasta que de a poco luces y sombras establecen un nuevo equilibrio. La luz de la tarde se esfuma hasta convertirse en noche cerrada, y más tarde el amanecer permite volver a ver otra vez los contornos, las copas de los árboles, una marquesina que titila porque hace falso contacto. No sé si dormí. No sé si estuve despierta. Me duelen los ojos de tanto llorar. No creo que pueda ponerme las lentes de contacto. Si logro levantarme de ese piso y enfrentar el día que me espera, iré con estos lentes gruesos, feos, que pondrán una distancia mayor entre mi hijo y yo. Me froto los ojos, me arden, están llenos de astillas que van desde las córneas hacia dentro, mucho más adentro que el fondo de esos mismos ojos. Y me doy cuenta de que no, que no será posible, que a pesar del dolor tendré que ponerme las lentes de contacto, porque ahora soy Mary Lohan, no Marilé, y ya no tengo ojos celestes. Debo ponerme esas lentes porque tengo que mirar a mi hijo con ojos marrones, con los ojos que él no conoció. Retiro los brazos que envuelven mis piernas y me acaricio el pecho, los hombros, recorro cada antebrazo arriba y abajo, con la mano contraria, tratando de darme calor. Sé que tengo que levantarme de este piso frío que siento clavado en el coxis. Que tengo que darme una ducha. Vestirme. Ponerme las lentes. Tomar mis carpetas, mi cartera, hacer como si nada hubiera pasado y volver al colegio Saint Peter. Pero no sé si podré. Sospecho que en cuanto lo intente me desplomaré acá mismo, en este balcón, y ya nada ni nadie podrá levantarme.

Suena el timbre. No atiendo. Vuelve a sonar. El que está detrás de esa puerta es tan insistente que hace que por fin aparezca la energía necesaria para ponerme de pie, calzarme los anteojos y dar los pasos que me permitan llegar a la puerta para averiguar quién es. Entreabro sin sacar la cadena, del otro lado está el portero. Me dice con alegría que tiene buenas noticias para mí. Quito la cadena y abro la puerta un poco más, pero no lo invito a pasar. Se queda mirando mis anteojos pero no se atreve a decir nada. Luego sonríe con exageración y empieza a hablar sin parar, mueve las manos, gesticula, señala el balcón, seguramente me dice que ya sabe el porqué de las heces pero yo no sé de lo que habla, sólo lo intuyo, porque no puedo escucharlo, siento su voz pero no descubro sus palabras. Aunque quiero llorar, ahora no puedo porque frente a mí hay un hombre que habla sin respiro de por qué el balcón donde pasé la noche tiritando de frío, pensando en mi hijo, está lleno de caca. Por fin escucho una palabra: caca. A pesar de que él dice "caca" y más adelante "inmundicias", yo convierto su palabra en heces, como si se tratara de una traducción española de una novela escrita en otro idioma. Heces. Hasta que en algún momento el portero me mira y el estado de mis ojos, aun a través de los gruesos cristales, lo detiene. Se queda mirándolos sin atreverse a preguntar si me pasa algo. Me quito los anteojos, lo miro y le allano el camino. "Tuve un problema con las lentes de contacto y se me irritó la vista." El portero se alivia. No sé si me cree, pero se alivia. "Son celestes", dice. "¿Qué cosa?", le pregunto. "Sus ojos, disculpe, de tanto... Perdón, los ojos se le pusieron celestes." Se abatata. Se escapa de sus propias palabras que no pudo evitar. Y se introduce en el departamento sin pedir permiso: va directo al balcón. Señala el listón de madera que recubre las paredes a la altura de nuestras cabezas. "¿Sabe qué hay ahí?", me dice y sonríe. "Madera", le digo. "Detrás de la madera, señora", corrige y se ríe como si yo hubiera querido hacerle un chiste. "No, no sé qué hay detrás." "Un pichón de murciélago que hizo nido ahí, yo lo sospechaba y ayer cuando golpeé la madera chilló como una rata el infeliz. Fácil de solucionar, señora, echo veneno, sello arriba y abajo para que no pueda salir, y en unos días está muerto. Queda atrapado ahí hasta que se muere." Atrapado hasta la muerte, sin poder salir. Oigo una sirena y un tren que se acerca. Lloro. Ahora sí puedo llorar, aunque ese hombre esté delante de mí. Me tapo la cara con las manos. Me enjugo las lágrimas torpemente, desparramando la humedad por el resto de la cara. El portero se perturba, sabe qué hacer frente a un pichón de murciélago que hizo nido en el balcón pero no frente a una mujer que llora. Amaga con ponerme una mano en el hombro pero se detiene. "No se preocupe, yo lo voy a solucionar", trata de tranquilizarme. "No es eso", le digo, pero no me escucha. "Le da impresión, a las mujeres les dan mucha impresión los murciélagos", me dice, y yo no digo nada porque nada me importan las otras mujeres y su miedo a los murciélagos, sino ese que apenas aprende a volar y va a quedar allí, atrapado, sin poder salir, esperando la muerte a la que fue condenado. "¿Quiere que traiga el veneno y el sellador ya mismo y terminamos con el problema? Va a quedar seco, seco como una hoja, yo se lo aseguro", dice él. Y yo repito: "Va a quedar ahí dentro, no va a poder salir, seco como una hoja". Lloro. El portero se inquieta más aún, seguramente se siente impotente cuando se da cuenta de que su argumento para tranquilizarme no funciona. Mira hacia la calle sólo para sacar su vista de mí, no sabe si tiene que decir algo, asentir, esperar o qué. Sé que ese hombre quiere irse, salir corriendo, escapar de mi llanto. "No, otra vez no", le digo con firmeza y él no entiende, por qué tendría que entender. El portero no entiende. ¿Habrá entendido mi hijo? Me acerco a la madera, golpeo como golpeó ese hombre el día anterior, el animal chilla. "¿Ve?", me dice, "ahí está". Me doy vuelta y lo miro con furia: "No lo voy a permitir". El portero sigue sin entender, sospecho que se siente cada vez más confuso, hay algo que está pasando que no corresponde al universo de situaciones que ha enfrentado hasta ahora. "Es un murciélago", dice. Le exijo: "No quiero que lo deje atrapado ahí". Y luego grito: " ¡No voy a dejar que muera atrapado!". El portero se alarma, y dice como si fuera un chico respondiendo a un reto: "Bueno, bueno, basta, ya está, yo hago lo que usted quiera, a mí la mierda de este bicho no me importa, está en su balcón, no en el mío. Perdón... por lo de mierda", aclara como si el límite de hasta dónde llegar lo estableciera "caca", y en cambio "mierda" fuera una palabra de otra categoría, una palabra por la que hay que pedir disculpas. Nos quedamos ahí los dos en silencio, un instante que parece eterno. Mucho más largo que el incómodo silencio de veintitrés segundos del que hablaba Robert. Por fin el hombre dice: "También puedo echar humo dentro, hacerlo salir y después sellar, que el bicho se busque otro sitio donde hacer nido. ¿Eso le parece bien?". Le digo que no sé, que me deje pensarlo. Estoy a punto de volver a llorar pero aprieto la garganta y me contengo. "Bueno, usted me avisa", dice y aprovecha esa calma inestable para irse. "Yo le aviso, sí", le contesto.

El portero se va, yo me quedo en el balcón con la vista clavada en la madera detrás de la cual hay un pichón de murciélago sobre el que tengo que decidir si vivirá allí, en otro sitio o en ninguna parte. Decidir quién vive y quién no otra vez. Me concentro en el murciélago, no sé cómo es un animal de este tipo recién nacido pero me lo imagino. Lo imagino tibio. Acaricio la madera. Me apoyo contra esa pared sin que me importe que mis pies se ensucien con sus heces. Sus inmundicias. Dejo mi mano quieta sobre la madera, la toco como si al hacerlo pudiera sentir al animal que está atrapado detrás de ella. Pienso en mi hijo. Y en ese otro niño que se llamaba Juan. Y en mí. Tres encierros diferentes.

Yo también —detrás de otra madera— estoy atrapada, y se trata de salir a cumplir con lo que tengo que hacer o quedarme allí para que el veneno me mate o el humo me haga buscar otro sitio donde anidar.

Me meto en la ducha y mientras el agua caliente me recorre el cuerpo me preparo para enfrentar a Federico, mi hijo. Me preparo para decir su nombre, para mirarlo con detalle sentado frente a mí, para inventar preguntas que no están en la lista de Robert y así saber con quién vive, quién cuidó de él estos años, quién lo ayudó a dormir, quién le habló del amor, de la muerte, del infinito, del dolor. Preguntarle si es feliz. Si pudo serlo. Invento las preguntas que sospecho no le haré. Las repaso, las corrijo, elimino alguna, agrego otra. Las aprendo de memoria. Hasta que por fin me visto, me pongo las lentes, agarro mis cosas y bajo. Este murciélago que soy eligió salir de atrás de la madera y enfrentar la luz.

Mr. Galván me está esperando en el coche estacionado frente a la puerta del edificio. Seguramente habremos quedado en eso el día anterior y sus palabras se perdieron en aquel hueco de tiempo irrecuperable que se desvaneció para siempre entre la mirada de mi hijo y el balcón donde anida un pichón de murciélago.

Al salir del edificio el portero me pregunta si resolví lo que quiero hacer. No sé de qué me habla.

"Del murciélago", me dice.

"El murciélago ya voló", le respondo.

Estoy sentada detrás del escritorio que me asignaron en el colegio Saint Peter para mi tarea. Espero al profesor de *History*. Espero a mi hijo: Federico Lauría. Miro el reloj, pasaron cinco minutos de la hora pautada. Me sorprende que se haya retrasado. Todo mi cuerpo es una convulsión imperceptible a la vista de otro pero demoledora. Tengo las planillas y una lapicera sobre el escritorio. Pero no sé si podré usarlas, no sé si podré escribir, ni siquiera sé si podré emitir palabra. Diez minutos después de la hora pautada mi hijo aún no llega. ¿Y si no viene? ¿Y si le pasó algo? Me hago las preguntas que supongo se hacen todas las madres cada vez que su hijo sale, mientras esperan un regreso que se demora. Preguntas que yo aprendí a no hacerme nunca más.

Quince minutos después de la hora pautada entra Federico. Abre la puerta sin golpear, y avanza hacia la silla: "Perdón por la demora", dice y se sienta frente a mí. No me da un beso —como se acostumbra en la Argentina—, pero tampoco la mano. Es lógico para la relación que nos enfrenta aquí este día: evaluador y evaluado. Es lógico pero extraño que mi hijo esté sentado frente a mí, veinte años después y no nos hayamos tocado. "¿Empezamos?", dice. Y le agradezco que lo haya dicho él porque yo podría haberme quedado así eternamente, mirándolo. "Empecemos", le digo.

Mi hijo responde las preguntas sobre su trabajo con solvencia. Es preciso y claro. Pero lo noto tenso, no es el mismo de la tarde anterior. Ayer entró a la oficina alegre, decidido, casi llevándose el mundo por delante. Hoy es otro, o eso me parece. Tal vez le pasó algo, algo personal, algo en su familia a la que ya no pertenezco. O tal vez el hecho de ser examinado, como a casi todos los evaluados, lo ponga en guardia. En algunos casos la tensión por estar a prueba produce retracción, como noto que le sucede a él. En otros, en cambio, el temor a la evaluación hace que el entrevistado se explaye y hable sin parar. Le pregunto dónde estudió la carrera y así me entero de que mi hijo no es profesor sino licenciado en Historia, que estudió en la Universidad de Buenos Aires, y que ahora está cursando el doctorado. Estoy segura de que a su padre no le debe haber causado gracia su elección —a menos que Mariano haya cambiado mucho—, sospecho que le debe haber planteado por qué no buscaba una carrera que le permitiera trabajar con él —como Mariano trabajó con su padre—, seguir su legado, aprovechar "el esfuerzo familiar", o al menos una carrera que le permitiera ganar más dinero. Mariano siempre fue muy pragmático al momento de tomar decisiones, las que fueran, y para él el éxito de una persona se mide —o se medía, cómo saber qué piensa Mariano hoy— por sus logros económicos. Me pierdo en un diálogo imaginario entre Federico y su padre pero regreso a la entrevista cuando escucho que mi hijo dice que sabe que, por ser licenciado en Historia y no profesor, tal vez le faltan recursos pedagógicos para dar clases, pero que los va a aprender. Y que a pesar del poco tiempo que hace que está frente a un aula, se da cuenta de que tiene muy buena recepción entre los alumnos. Me habla de cómo estructura una clase, de qué método de evaluación aplica, de cómo valora el trabajo y la participación de cada día en el aula *versus* la fría evaluación final de un alumno en un examen que muchas veces no refleja todo lo que puede saber. Eso también opinaba Robert, la evaluación constante *versus* la evaluación final. Me gusta lo que me dice mi hijo, me gusta que le preocupe hacer bien la tarea a la que hoy se dedica: educar. Pero aunque lo dice con corrección y sinceridad —al menos yo lo creo sincero—, hay algo de apuro en sus respuestas, como si cumpliera con la obligación de enunciarlas y sacárselas de encima porque tiene urgencia por hacer otra cosa. Yo también tengo ganas de sacarme de encima estas preguntas y pasar a la siguiente etapa. Quiero que me hable de él. Quiero empezar con el segundo cuestionario, el personal. Pero necesito cumplir con el protocolo, hacer todas las preguntas, escuchar todas sus respuestas. Anotar. Tomo la lapicera y escribo, puedo hacerlo. Miro el saco azul que trae puesto mi hijo, la camisa blanca desabrochada —me pregunto quién plancha sus camisas—. En la muñeca lleva un reloj Swatch, deportivo, barato, muy distinto del que usaría su padre. Está bronceado y sus ojos celestes le iluminan la cara. Me mira a los ojos cuando habla. Pero cuando espera, entre pregunta y pregunta, o mientras anoto, no mira mis ojos sino mis manos. Mira ahora mi mano que se desliza con la lapicera sobre el papel, la sigue a un lado y a otro de la hoja. La detengo, y su mirada se detiene. Vuelvo al cuestionario. Hablamos de distintas técnicas para atraer la atención de los alumnos, del uso de material fílmico, de los trabajos monográficos.

Por fin, cuarenta y cinco minutos después, llegamos al cuestionario personal. Las preguntas que ideó Robert no son para inmiscuirse en la vida privada de nadie —cosa que sería muy mal vista en los Estados Unidos— sino para poder hacerse una idea de la solidez que tiene un docente a la hora de contener a un alumno, de sus capacidades para acompañarlo en el proceso de aprendizaje, de la posibilidad empática de esa persona con el otro, de su preparación para manejar situaciones de riesgo. "¿Cuál es tu estructura familiar?", le pregunto. Y sé que no se trata de preguntar porque sí si alguien es soltero o casado, si vive con sus padres o solo, sino preguntarlo para sacar conclusiones acerca de si esa persona está conforme con su propia vida, sea cual fuera la elegida. No hay nada más dañino para un alumno, decía Robert, que un docente resentido, un docente que hace su tarea renegando de ella, creyendo que él está para más, que la vida le tiene reservada grandes tareas y mientras tanto no le queda más remedio que dar clases. Y Federico me responde: "Vivo con mi mujer y mi hija", y yo me olvido de Robert y sus teorías mientras tengo que hacer un esfuerzo para que no se me llenen los ojos de lágrimas. Mi hijo tiene una hija, yo tengo una nieta. Acabo de saberlo, me lo dijo porque soy Mary Lohan y lo estoy evaluando; Marilé tiene una nieta pero a ella nadie se lo diría. "¿Cómo se llama?", balbuceo, me tiembla la voz, lo pregunto aunque eso no figura en el listado de Robert. "Amelia", me responde, "lo eligió mi mujer". Y mientras asiento con mi cabeza más veces de las necesarias y anoto algo que no me pide el cuestionario de Robert, tengo que procesar dentro de mí que Federico, aquel hijo que dejé con seis años, hoy tiene mujer y una niña. "Amelia tiene ojos celestes", me dice, "en mi familia somos varios los que tenemos ojos celestes". Y yo quisiera pedirle una foto, que me muestre su cara, su risa, que me hable de ella. Pero en cambio digo: "¿Cuál es el lugar que ocupa la docencia dentro de tu estructura familiar?", y con esa pregunta me escapo de los ojos celestes de mi nieta y vuelvo al cuestionario. "Es mi trabajo", me responde como quien responde lo obvio. "¿Pero ese trabajo te gusta o te resulta un peso?" "Me gusta la Historia, ésa es mi pasión, entender el porqué de los hechos, las causas y también las consecuencias. Aunque más las causas. La docencia me permite trabajar con la materia que me interesa. Me saca del aislamiento que padece el historiador que se dedica sólo a la investigación. Y me importa la transmisión del conocimiento, me interesa enseñarle a otro lo que sé; y si es posible apasionarlo, mucho mejor. Me gusta dar clases. Además lo necesito, vuelvo a lo mismo, es mi trabajo." "¿Y tu mujer qué hace?", pregunto y tildo en el formulario para que mi hijo no se dé cuenta de que esa pregunta no figura en ninguna parte, que la agregué sólo porque quiero saber quién es esa mujer que él ama, si es que la ama. Ojalá que la ame, pienso. "Estudia Letras, todavía no se recibió, y ahora con la beba se va a retrasar un poco. Le gusta mucho estar con nuestra hija, no quiere dejarla con nadie", me dice, y se me queda mirando. Después arranca otra vez: "Pero va a terminar, yo la voy a ayudar a que termine". ¿La querés, hijo?, ¿estás enamorado de ella?, le preguntaría pero no lo hago, no puedo, no tengo derecho. ¿Te quiere ella a vos?, ¿te hace feliz?, diría pero en cambio digo: "¿Cómo fue tu educación primaria?". Él levanta la vista de mis manos y me mira directo a los ojos, se frota los suyos, respira profundo, se queda un rato así, mirándome, y sólo después de un tenso silencio me pregunta: "¿Usted no lo sabe?". Me paralizo ante la respuesta, intento decir algo pero no puedo. Mi hijo aclara: "¿No figura en el formulario que yo hice toda mi educación primaria y secundaria en este colegio?". "Ah, sí, sí, eso sí. Me refiero a cómo resultó para vos", trato de decir con naturalidad pero es evidente que su comentario me tomó por sorpresa. "Difícil", dice. Y sigue: "Hasta los seis años todo fue bien, después se complicó un poco". Mi hijo se queda esperando una nueva pregunta, pero no puedo, sólo puedo mirarlo y controlarme, contener unas lágrimas que siento en la garganta para que no me vea llorar, para que mis lentes no se desplacen y me hagan ver borroso, para que esta entrevista no termine en un fracaso. "Mis padres se separaron y me costó acomodarme a ciertas cosas", continúa mi hijo. No dice, mi madre me abandonó, dice, mis padres se separaron. Y eso me sorprende pero enseguida trato de entenderlo sin ilusionarme, supongo que para mi hijo no debe ser fácil decirle a un extraño que su madre lo dejó, que un día se fue y nunca más volvió. "Hijo, hijo mío", le diría. Y le gritaría: "¡Perdón!". Sólo pensar la palabra "perdón" me cierra la garganta, me impide respirar. Trato de sacarla de mi cabeza. "¿Por ejemplo?", me atrevo a preguntar. "¿Por ejemplo, qué?" "Dame algún ejemplo de esas ciertas cosas a las que te costó acomodarte." "Vivir con mi padre y su nueva mujer no fue fácil. Ella tenía dos hijos, uno era compañero mío del colegio, éramos bastante amigos antes de que pasara a ser 'mi hermano', después todo cambió, a pesar de que ellos vinieron a vivir a mi casa, yo era el que no pertenecía del todo." ¿Quién es ella, hijo? Nombrala, decime el nombre de esa mujer que no te supo acompañar en mi ausencia. ¿Una madre del colegio? ¿Quién? No puedo preguntarlo, él sigue: "No se lo reprocho a ellos, a los chicos, ni siquiera a Martha —¿Martha?, ¿Mariano por fin cerró el círculo abierto aquel verano en Pinamar y volvió con Martha?—, una amiga de mi madre." Mi hijo me nombra por primera vez, pero se equivoca: yo no era amiga de Martha. "A nadie se lo reprocho, o en todo caso se lo reprocho exclusivamente a mi padre que no logró darme un lugar en esa nueva familia que formó. Pero bueno, ya está, yo ahora tengo la mía. Ya está." Sólo me nombra para describir a la nueva mujer de su padre, dice "una amiga de mi madre", pero no habla de esa madre, no dice si murió, si se fue, si estaba cerca pero él no vivía con ella. Dice qué le reprocha a su padre pero no habla de lo que le reprocha a su madre. Tiene que reprocharme, y mucho. Pero lo calla. No sé qué supo él de aquel día, y de lo que siguió a aquel día. No habla de lo que sucedió. No habla de su madre. No habla de mí. Como si aclarar qué ha sido de ella no fuera necesario. Como si nunca ese niño, Federico, hubiera tenido una madre más que como un sustantivo que modifica otro sustantivo: una amiga de mi madre. Me gustaría preguntárselo. ¿Y qué es de ella?, ¿la olvidaste?, ¿la odiás?, ¿la mataste dentro tuyo? No digo nada, y el sigue por otro lado: "¿Sabe?, creo que estudié Historia justamente a causa de mi propia historia familiar. En la historia del mundo, en la historia de un país, hay un porqué. Un hecho que ocasiona otro, y ese otro. Una cadena. Yo creo que la historia es una sucesión de hechos relacionados por causa y efecto. Otros dicen que no, que eso es una simplificación. Pero yo creo que el mundo es eso. Nuestra propia vida también. Claro que nuestra propia vida no es materia de estudio de la Historia". Mi hijo ahora deja que la vista se le pierda por la única ventana de la oficina, una ventana que da al patio, donde de pronto aparecen chicos corriendo que acaban de salir al recreo. Lo dejo que se pierda por allí, aprovecho para mirarlo, su piel que ya no es tersa como la de un niño, los puntos de la barba que se debe afeitar cada mañana, su nariz recta casi perfecta, tres pequeños lunares en escalera entre su pómulo y la oreja derechos. Mi tiempo de contemplación es corto porque pronto regresa. "Volviendo a ella, a la Historia", dice, "por un hecho que deriva en otro llegamos a una guerra, a la Revolución Industrial, a un genocidio, a un tratado de paz, o al mal llamado descubrimiento de América. Nunca me atrajeron tanto los hechos en sí mismos como sus porqués. Y la historia siempre tiene un porqué, en cambio la vida no. ¿Me entiende?", dice y se queda mirándome esperando una respuesta. Más que eso, su mirada es un reclamo, no una espera. Yo no sé si entiendo, apenas puedo pensar, respirar a un metro de él, mirarlo, entonces no respondo pero anoto en mis papeles como si supiera de qué me habla y por qué, sin decir nada. "¿Me entiende?", vuelve a decir. Y yo levanto la vista y digo que sí, que creo que lo entiendo, miento. "Eso quería, que usted lo entendiera, que usted entendiera por fin que a algunas personas nos faltan los porqués de nuestra propia vida", me dice y saca un sobre de su bolsillo que deja junto al escritorio.

"Ya terminamos, ¿no?", me pregunta. Y yo digo: "Sí, casi, falta...". Pero no me deja concluir la frase, me interrumpe. "Acá tiene el texto libre que hay que escribir como cierre de la evaluación", me dice, y desliza el sobre por el escritorio hacia mi lado. "Ah, no, disculpá...", le digo, "ese texto debe escribirse acá, al final de la entrevista, no es posible traerlo escrito de antemano". "Ése es mi texto, no hay otro. El mismo que escribiría si tomara su papel ahora y me pusiera a redactarlo. Lo sé de memoria. No cambiaría nada, ni una coma..." "Pero...", intento decir. Él sigue: "Es un texto que escribo desde hace años. Lo escribí una, cien, mil veces, ya no sé cuántas. Siempre lo mismo. Voy agregando detalles, sonidos, algún olor que antes no había percibido. Sin embargo, es siempre el mismo texto. Siempre". Intento explicarle que ése no es el método: "La idea es que escribas un texto al final de la evaluación, no importa cuál...". " Sí importa, y es éste. Tómelo o déjelo, no hay otro, no habrá otro", dice mi hijo y se levanta. A pesar de mi negativa a aceptar el texto que me ofrece es evidente que Federico dio por terminada la entrevista y que se va a ir. "Adiós", me dice, y efectivamente da media vuelta y sale.

La puerta se cierra detrás de él y yo quedo temblando como temblé la noche anterior en el balcón, junto al murciélago que anida detrás de la madera. Tomo el sobre pero no me atrevo a abrirlo, lo tengo aún en la mano en el momento en que mi hijo abre otra vez la puerta y desde allí dice: "El lunar". Y antes de cerrarla agrega: "No pude dormir anoche pensando en ese lunar". Y parece que fuera a decir algo más pero no, en cambio aprieta uno de sus puños, su cara se pone roja, se le marcan las venas en la frente, al costado de los ojos y en el cuello, todo indica que está a punto de explotar, mueve los labios como si por fin fuera a hablar, a gritar. Sin embargo, de pronto y con evidente esfuerzo se contiene y concluye: "Todo lo que tengo para decir está ahí", señalando el sobre que sostengo en mi mano.

Y entonces mi hijo se va, definitivamente. Se va sin que yo haga nada para detenerlo. Mi hijo sale apresurado y decidido por esa puerta que cierra de un golpe, esta vez sin retorno. Se va y ya no regresa. Y yo, al mirar el sobre que sostengo con mi mano derecha hago foco en ese lunar que tengo en la muñeca al costado de la protuberancia del cúbito, una mancha marrón que me acompaña desde que nací, con forma de manzana pero del tamaño de una arveja. El sobre tiembla sostenido en el aire. Mi lunar tiembla junto con él. Ese lunar con el que tantas veces jugamos. Él fingía que yo no era su mamá, que un extraterrestre me había cambiado por otra, yo bajaba el puño de la manga para ocultar el lunar. Él me corría por la casa hasta atraparme, levantaba la manga y decía: "El extraterrestre te devolvió, sos mi mamá otra vez, sólo mi mamá tiene esta mancha marrón al lado del huesito". Me tocaba el lunar y repetía: "Sos mi mamá".

Soy su mamá.

Con mi otra mano detengo el temblor, y apenas lo logro recorro la muñeca hasta llegar a ese lunar y lo acaricio. Paso la yema de mi dedo índice sobre él a un lado y al otro, apenas rozándolo, sin entender aún qué tengo que hacer.

Texto de Federico Lauría

La barrera estaba baja. Ella frenó. Mi madre frenó. Detrás de otros dos autos. La campana de alerta interrumpía el silencio de la tarde. Yo no le prestaba atención entonces, ese día, pero hoy la oigo, ahora, siempre. Una luz roja titilaba sobre la señal ferroviaria. La barrera baja, la campana de alerta y la luz roja indicaban que se acercaba un tren. Debía venir un tren. Sin embargo, el tren no llegaba. Dos, cinco, ocho minutos y ningún tren aparecía. En el asiento de atrás, los niños empezaron a cantar una canción que les habían enseñado esa misma tarde en el colegio. Juan —mi compañero de grado— y yo cantábamos. "Incy Wincy araña tejió su telaraña." La canción infantil no competía con el silencio exterior de la tarde; ella, mi madre, tenía incorporadas esas voces —nuestras voces— como si fueran parte de su propio cuerpo. "Vino la lluvia y se la llevó." El primer auto esquivó la barrera y pasó. El siguiente avanzó y tomó su lugar. Mi madre esperó, no ocupó ni siquiera el espacio vacío que ahora quedaba entre su auto y el que tenía delante. "Y salió el sol y se secó la lluvia." Se preguntaba por qué ese conductor no cruzaba como lo había hecho el anterior —"¿Y éste por qué no cruza?"— en el mismo momento en que el auto se movió, metió la trompa entre las dos barreras y luego se detuvo en esa posición. Ella, sin verlo, supuso al conductor mirando a un lado y a otro para confirmar que ningún tren aparecería —o yo la supuse a ella—.

Por fin, el único auto delante de nosotros avanzó y cruzó la barrera. Mi madre dudó. Estaba preocupada, temía que llegáramos tarde al cine. Mamá nos llevaba al cine, lo había prometido el día anterior porque yo me había ganado un premio en el concurso de manchas del colegio. "Incy Wincy araña se trepó otra vez." La campana seguía sonando, la luz titilaba. Ahora sí presté atención, Juan no, él seguía cantando. Mi madre giró la cabeza y nos miró. "¿Por qué no cruzamos, mamá?", le pregunté, "¿no vamos al cine?". "Estoy esperando que pase el tren", me contestó. "¿Qué tren?", le dije. Y ella respondió: "Cierto, ¿no?, ¿qué tren estoy esperando, si esta barrera nunca funciona?". Mi madre entonces colocó el auto entre las dos barreras, miró a un lado y al otro, y avanzó. Pero al pasar la primera vía, el auto se detuvo, el motor hizo como un hipo de aceite y se paró. Aunque mi madre intentó darle contacto varias veces, no funcionó. Y entonces ya no oí más el sonido de la campana de alerta —aunque siguió sonando— sino el ruido ronco del motor que a pesar del esfuerzo y de las veces que ella lo intentó, no logró encender. Mi madre respiró profundo. Nos miró por el espejo. Estaba blanca, sus ojos celestes muy abiertos. Juan se reía. Yo no, sabía que mi madre nunca se ponía blanca y nunca abría los ojos tan grandes. Ella le dio arranque una vez más al motor pero el auto no obedeció. Entonces fue que se oyó por primera vez la bocina del tren. Un bocinazo largo, intenso. La espalda de mi madre se puso rígida, los hombros se elevaron, sus manos se aferraron con fuerza al volante, pero enseguida soltó la mano derecha para girar otra vez la llave con desesperación. Juan siguió riéndose, excitado pateaba con ganas el asiento vacío del acompañante, como si todo fuera un juego. Yo habría pensado lo mismo que él, que todo era un juego, si no hubiera sido que allí delante de mí estaba mi madre, blanca, con los ojos redondos y abiertos, tensa. Segundo bocinazo. Mi madre maldijo con todas las palabras que nunca quería que yo dijera. A Juan le hizo mucha gracia y las repitió. Tercer bocinazo, un bocinazo que no terminaba nunca. Mi madre se bajó del auto, manoteó mi puerta pero no pudo abrir, me gritó: "¡Levantá el seguro!", yo le obedecí de inmediato, sabía que cuando a mi mamá se le arrugaba el entrecejo había que hacerle caso. Así que lo hice. Ella abrió mi puerta, desabrochó mi cinturón de seguridad, me sacó del asiento a los tirones, perdí una de las zapatillas, a la rastra me hizo dar vuelta por detrás del auto sin soltarme la mano. Cuarto bocinazo, corto, y luego un quinto bocinazo y un sexto. Mi madre manoteó la puerta del lado de Juan. Estaba cerrada, tenía puesto el seguro. Le dijo que la abriera. Él la miró todavía sonriente, pero no lo hizo. Mi madre le gritó: "¡Abrí ya esa puerta!". Juan no sabía qué quería decir que mi madre frunciera el entrecejo y al gritar casi cerrara los ojos. Yo también golpeé el vidrio de su ventanilla. Y por un momento pareció que Juan iba a abrir la puerta, porque estiraba la mano y tocaba la traba pero no terminaba de levantarla. Mi madre movió y tiró del picaporte una vez más con violencia, golpeó el vidrio de la ventana, le volvió a gritar a Juan con mayor desesperación a través del vidrio: "¡Abrí la puerta!". Pero Juan se asustó tanto que ya no pudo obedecer, se puso a gritar y patear en su lugar, ya no nos miraba, ya no había contacto posible con él. Sin soltarme, mi madre manoteó la puerta de adelante, la del acompañante, pero también tenía el seguro puesto. "¡Abrí la puerta, la puta madre!", gritó en vano a un niño que ya no podía oírla. Entonces ella, por fin, aceptó que Juan no iba a levantar nunca el seguro. Así que en un último intento desesperado me arrastró otra vez por detrás con la intención de sacar a Juan por la misma puerta por donde me sacó a mí. No llegamos. Mi pie descalzo se enganchó en el riel, eso nos demoró unos segundos, mi madre tiró y en esa maniobra me arrancó la uña del dedo gordo. Lloré de dolor; mi madre vio la sangre, la carne viva, la uña levantada, pero no pudo consolarme, tenía otra urgencia que hoy comprendo. Sin soltarme me llevó con ella, pero cuando estábamos por alcanzar mi puerta, se oyó un último bocinazo que nunca más cesó, un bocinazo que escucho hasta hoy, que me despierta por las noches. Luego un golpe. Mi madre y yo caímos al piso. Y desde allí, tirados junto a las vías, vi cómo el tren se llevaba el auto con Juan, mi amigo, dentro. El auto apretado, comprimido, hecho un bollo, alejándose entre las ruedas del tren. Hasta que al fin se detuvo. Y mi madre, como si despertara de un desmayo, reaccionó y no me dejó ver más: me abrazó apretando mi cara contra su pecho y no permitió que me moviera dentro de su abrazo. "Mi uña, mamá", le dije. Yo sólo podía decir "mi uña". Lo dije varias veces. Ella no pudo responder porque lloraba sin consuelo.

Escribo aquel día. Busco las palabras para contar ese instante dentro de aquel día desde hace muchos años. Perfecciono este relato a medida que pasa el tiempo. Lo que empezó con unas pocas palabras, con oraciones cortas, apenas un párrafo, se terminó convirtiendo en este texto que hoy entrego. Sé lo que pasó, yo estuve allí. Pude agregarle cosas al primer relato, de a poco, sumarle colores, oír la campana a la que no le había prestado atención aquel día. Pero aunque me faltaran detalles, o aunque me faltaran palabras para contar esos detalles, siempre supe lo que pasó. Supe y sé todo lo que hizo mi madre. Sé su desesperación, sus esfuerzos. También sé los errores que terminaron sumándose al azar para que un tren aplastara un auto con un niño dentro. Y lo entiendo, puedo entender el error que deviene en una fatalidad. Me pregunto qué habría hecho yo en su lugar, y lo entiendo. Entiendo el mensaje equivocado que puede transmitir una barrera que nunca funciona, entiendo lo injusto de que el auto de mi madre se detuviera en ese instante marcado por la desgracia, entiendo que mi amigo no se diera cuenta de la urgencia de lo que sucedía y que luego entrara en un estado de pánico que no le permitiera abrir la puerta, entiendo por qué mi madre abrió primero la mía y recién después intentó abrir la otra. Yo entiendo todo lo que terminó desencadenando aquel accidente y la muerte de Juan. Me acompañarán siempre la bocina de un tren que no deja de sonar, las patadas de mi amigo, el olor a hierro quemado, los gritos de mi madre, el horror que la hizo abrazarme hasta casi impedirme respirar, el dedo gordo sin uña del pie de un niño que sangra.

Entiendo todo.

Lo que no puedo entender, por más que escriba una, cien, mil veces esta historia —mi historia— es por qué mi madre me dejó.

Por qué, después de haber pasado juntos por todo eso, mi madre un día se fue y no volvió más.

La amabilidad de los extraños

Porqué

¿Merezco explicar por qué? Quiero decir, ¿tengo yo ese derecho? Derecho a hacer un descargo y que alguien lo escuche.

Hay actos que no merecen un porqué. Hechos que ninguna razón puede justificar. Tal vez abandonar a un hijo de seis años sea uno de ellos. Hechos injustificables. No vale la pena dar explicaciones, no hay un porqué válido. Ése fue el motivo de mi silencio todos estos años: no tengo derecho a explicar qué me llevó a hacer lo que hice porque ninguna razón es válida como perdón posible. Pero acabo de entender, después de todo este tiempo de silencio, que el porqué no es un derecho mío, sino un derecho de él, de mi hijo. No siempre uno es dueño de retener la verdad, de guardarla para sí. No siempre uno es dueño de su silencio. Él quiere escucharlo, yo debo decirlo. Mi versión de los hechos ya no me pertenece. Sólo yo puedo darla. Sólo yo puedo negarla. Pero negarla sería un nuevo error, una nueva desgracia, o un nuevo crimen —según quien lo juzgue, o quien lo nombre— que se sumaría a lo que ya hice. Mi hijo espera esa explicación. Por más que la condena sobre mis actos no cambie.

Entonces me encierro este fin de semana con el que hasta hace poco no sabía qué hacer, dos días libres entre una semana y otra de trabajo en el colegio Saint Peter que me producían espanto. Ahora me asustan pero de otro modo, por otras razones. Un fin de semana en el que sé que mi hijo sabe quién soy, en el que sé que mi hijo está en algún lugar, cerca de mí, sabiéndolo. Y yo paso de la conmoción a la parálisis. No corro a buscarlo, no corro a abrazarlo, ni a llorar con él, ni siquiera a que me insulte. Antes le debo esto, una explicación. Y una explicación no puede darse en medio de llantos o de insultos, ni tampoco de abrazos. Una explicación, o ésta al menos, necesita muchas palabras, demasiadas, todas las que no dije los años de ausencia que pasaron entre nosotros. Así que hago lo que debo hacer: encerrarme a escribir.

Sin embargo, doy vueltas, voy y vengo por el departamento. En medio del mismo estado de conmoción con el que quedé después de verlo, encuentro distintas excusas para no arrancar con la escritura. Demoro así el dolor de escribir. Otro dolor, el de buscar las palabras para contarlo. Me descubro perdiendo el tiempo en elegir el tipo de letra, o el tamaño, o los márgenes. Ya no escribiré a mano en mi cuaderno de notas, ese que bauticé "cuaderno de bitácora" —y al que abroché en la última hoja la carta de mi hijo robada del cuestionario de evaluación de Federico Lauría—. Escribiré en la computadora que tengo en el escritorio del departamento, porque esta vez no lo haré sólo para mí. Cuando termine el texto, lo imprimiré y lo mostraré. Alguien más lo leerá, o eso espero. Y aunque sé que escribir es lo único que tengo por hacer, aún no escribo. Pienso en la forma y no en el fondo. Demoro. Le pongo nombre al archivo. Lo nombro "Porqué". Lo que no asegura que ése sea el título del texto una vez terminado. Lloro, lloro porque mientras pienso en estas cosas —letra, título, archivo— hay otra historia que me recorre en silencio, esperando que yo pueda hacer algo con ella. Pero aún no puedo. Y en lugar de ponerme frente a la pantalla a intentarlo me detengo a recitar títulos de novelas que me llamaron la atención por el motivo que sea. Uno trae al otro. No importa el texto, no importa el autor, no importa si la novela me gustó o no, ni siquiera estoy segura de si leí algunas de ellas. Sólo el título, uno tras otro, recitarlos me permite demorar, pensar en otra cosa, dejar de temblar. *Las palmeras salvajes*, *Las uvas de la ira*, *La conciencia de Zeno*, *La peste*, *Las correcciones*. Me doy cuenta de que todos los títulos que recito empiezan con "La" o "Las". Un dato inútil, pero me aferro a él y busco más títulos que comiencen de esa manera. Me concentro en eso, postergo un poco más la escritura. *La insoportable levedad del ser*, *La tía Julia y el escribidor*, *La nieta del señor Linh*, *La metamorfosis*, *Las horas*. Logro así poner la mente en blanco unos instantes y descansar. Pensar sin sentir. ¿Por qué lo sigo demorando? ¿Por qué no puedo? Si sé que lo voy a hacer, si sé que no tengo alternativa. Pero aun así sigo perdida en la demora. Mis alumnos de español no se preocupan por el título que les ponen a sus trabajos y suelen dejar el de la consigna: "Trabajo práctico nº 1". Los docentes que evalúo tampoco se preocupan por cómo nombran al texto final que se les pide. Muchas veces lo llaman así, texto final, o texto libre, o texto de y completan con su nombre. Así lo llamó mi hijo: Texto de Federico Lauría. No lo corrijo en ningún caso, ni a los alumnos ni a los docentes. Sin embargo, sé que poner un título es la posibilidad de darle un significado diferente a lo escrito. A lo que todavía a esta hora del viernes —tarde, como las tres de la madrugada— no puedo escribir. Me gustaría que algún día mi hijo pudiera ponerle otro título al texto que escribió cientos de veces, el texto que leí hoy. Primero en el colegio, luego en el departamento. Lo leo otra vez ahora. Tiemblo. Pienso títulos posibles para su relato. Pero no me corresponde a mí buscar cómo llamarlo, sino a él. Un título puede estar claro desde el primer renglón, puede aparecer en medio de la escritura, o cuando el texto esté terminado. Si es así, si surge recién cuando todo está dicho, lo escrito cambia al ponerle nombre: se modifica en el origen pero *a posteriori* de la escritura. Lo escrito se termina de entender recién en ese momento. Mi hijo terminará de entender cuando le pueda poner un título a lo que escribió.

Desde el primer renglón que aún no llega, me obligo a escribir sin concesiones, a decir todo, a no pensar en ese lector que será mi hijo. Escribo para él, pero como si no escribiera para él. Si por el afán de no hacerle más daño eligiera otro modo de contarlo, sería un texto injusto. Si pensara que escribo para mi hijo tendría que hacerlo en segunda persona. Pero eso haría que irremediablemente omitiera detalles, suavizara circunstancias, eliminara lo que pudiera avergonzarme. Cosas que una madre no le dice a un hijo. Aunque yo sea un tipo particular de madre. Lo fui, de algún modo, desde el primer día en que tuve a Federico a upa. Siempre pensé a mi hijo como alguien mayor a su edad, alguien con quien podía hablar de igual a igual, con quien no necesitaba usar el lenguaje infantil, edulcorado, lleno de diminutivos y eufemismos que usaban otras madres con sus hijos. Él entendía cómo yo le hablaba. Tal vez por eso, sólo con seis años, entendió mi urgencia cuando le pedí que sacara el seguro de la puerta. Y Juan no. Juan era un niño, y a un niño no tiene por qué pasarle lo que le pasó.

Escribo —o escribiré, en cuanto pueda— para un lector anónimo, cualquier lector. ¿Acaso un escritor sabe para quién escribe? Mis alumnos escriben, la mayoría de las veces, para ellos mismos; por eso —y por otros motivos— mis alumnos no serán escritores. Alguna vez, en el Profesorado de Lengua de Avenida de Mayo —donde no me recibí de lo que soy—, un profesor aseguró que Bertolt Brecht decía que escribía para Carlos Marx sentado en la tercera fila del teatro. No comprobé nunca si realmente Brecht había dicho esa frase. Incluso en aquel entonces nunca había leído ni visto representada alguna obra de él —recuerdo años más tarde *Madre Coraje*, Robert insistió para que la viéramos juntos—. Verdad o mito la frase de Brecht, siempre me pareció una meta muy intimidante escribir para Carlos Marx sentado en la tercera fila. Tan intimidante como me resultaría escribir para mi madre sentada en la tercera fila. O Mariano sentado en la tercera fila. O mi hijo. Pero claro, yo tampoco soy escritora. Apenas una mujer, una madre —¿soy aún una madre?— que tiene que dejar por escrito aquello que calló durante años. Y que para hacerlo necesita inventarse un lector diferente de quien realmente tendrá este texto en sus manos y lo leerá. Si es que mi hijo, finalmente, lo lee. Tal vez eso hagan muchos escritores, inventarse un lector anónimo para no sentirse intimidados por aquellos que los leerán y juzgarán. Aquellos que, incluso, podrían lograr que, ante semejante exposición, no escriban. Confiar en el anonimato del lector porque aunque del otro lado de la escritura hay alguien puede resultar mejor no saber quién es el que está allí.

Todavía no escribo. Tengo resuelto el tipo de letra, el título de archivo, el lector anónimo, pero continúo en la demora. Leo una vez más el texto de Federico. Y una vez más. No sé si me demoro por él o por mí. O sí lo sé. Mi hijo no quiere mi piedad, quiere mis razones. Me callé todos estos años por mí —porque no merecía hablar—, ahora tengo que hablar por él. Hablar o escribir. Sin parar, en este departamento de Temperley donde me hospedan, usar estos dos días para decirlo todo. Se trata de arrancar. De poder poner la primera palabra y no dejar de tipear hasta la última. Eso tengo que hacer, ya, en unos minutos, en cuanto pueda. Escribir. Me levanto de la silla, voy hasta el cuarto, me balanceo a un lado y a otro desperezándome con exageración, tiro los hombros hacia atrás, abro el pecho, acomodo mis huesos.

Y miro hacia el balcón. Es de noche, pero sé que allí anida un pichón de murciélago que no dejaré que nadie encierre hasta morir. Enciendo la luz. Elijo el lugar de la madera donde supongo que está, dejo la vista clavada en ese punto. Lo sé ahí aunque no lo vea.

Como supe a mi hijo, todos estos años.

Por fin vuelvo al escritorio, y escribo.

Mariano y yo nos casamos muy jóvenes. Teníamos los dos la misma edad: veintitrés años. Y estábamos enamorados. O eso creíamos. El tiempo te enseña que no hay una sola definición para el amor. A esa edad es más difícil saberlo, a esa edad el amor es el amor, y punto. Pero muchas veces uno no se enamora del otro, sino de uno mismo enamorado. O de lo que implica estar enamorado, de los beneficios secundarios. Uno quiere estar enamorado, entonces lo está. Lo estábamos. Nos habíamos conocido en unas vacaciones en Pinamar. Él tenía muchos amigos. Yo apenas conservaba relación con algunas compañeras del secundario con las que me había ido unos días a la playa. Siempre me costó hacer amigas, desde muy chica. A veces pienso que lo que no quería era llegar a intimar tanto con alguna como para sentirme en la obligación de invitarla a mi casa, que conociera a mis padres, que se ahogara en ese ambiente gris donde mi madre de vez en cuando desaparecía entre las sábanas durante días sin poder levantarse de la cama más que para ir al baño, mientras mi padre se protegía detrás de un libro en el balcón terraza. Para combatir el silencio de la casa, mi padre ponía música de Piazzolla y me enseñaba a escucharla, me hacía descubrir el sonido de su bandoneón en medio de otros instrumentos, me repetía el nombre de cada uno de los temas cada vez que sonaban, me mostraba cómo mover las manos en el aire fingiendo que ejecutaba mi propio bandoneón. Mi padre se esforzaba por que yo también disfrutara esa música que él consideraba "de una belleza superior", pero por sobre todo estaba preocupado porque Piazzolla no se transformara para mí en la melodía que tapaba el silencio de mi madre.

"No, no es loca", contestaba mi padre con su calma habitual las pocas veces que me atreví a preguntárselo, en medio de alguno de esos baches profundos en los que ella caía, "no escuches a los que dicen eso, es porque no entienden". Y después él volvía a esconderse detrás de uno de sus libros o de "Oblivion", el tema de Piazzolla que elegía para los peores momentos. La palabra loca se la había escuchado decir por primera vez a una prima lejana, en una de las pocas fiestas familiares a las que fuimos, "¿Es verdad que tu mamá está loca?". Pero mi padre dijo que no, y para mí, si él lo decía, así era. Mi madre no era loca, pero esa negación no constituía por sí sola una explicación suficiente para su comportamiento esquivo. "¿Entonces qué tiene?", quise saber. "Tristeza", contestó mi padre, "una tristeza que le viene cada tanto, no siempre está así; tu mamá se acuerda todos los días, pero acordarse es otra cosa, la tristeza sólo le viene cada tanto".

No sé por qué no pregunté entonces de qué se acordaba mi madre. Acordarse usado como un verbo que no necesitaba un objeto, un "acordarse de". Si mi madre se acordaba entristecía. Sin objeto. Esa frase entró dentro de mí así, textual, y se quedó fijada para siempre: "Tu mamá se acuerda". Y aunque yo no podía hacer nada concreto por ayudarla, sentía que de alguna manera también era responsable de su tristeza.

Como si yo fuera culpable de que mi madre recordara. O como si yo no fuera capaz de lograr que no se acordara. Responsable de una evocación que para mí no tenía objeto. Qué era aquello que la hundía en su cama de tanto en tanto recién lo descubrí cuando los dos, mi padre y ella, estaban muertos. Federico no había nacido, nació dos años después de que murió mi madre y un año después de que murió mi padre. A veces pienso que descubrir ese secreto me permitió quedar embarazada; antes, aunque no nos cuidábamos, no sucedió. Cuando murió mi padre tuve que levantar la casa para devolverla a sus propietarios. Levantar una casa, se trate de la casa de otro o de la propia, implica el riesgo de encontrar fantasmas reales, descubrir secretos no tan bien guardados, ser devastado por una revelación, arrollado por un objeto que pasa a tener un sentido distinto. A mí me pasó todo eso, apareció un hijo —o un hermano—, por fin supe de qué se acordaba mi madre: de un bebé que había tenido antes que yo. Un bebé que tenía un nombre, Gerardo, y una tumba en un cementerio. Allí, entre los papeles de mis padres, estaba su acta de nacimiento, su acta de defunción tres meses después, y los comprobantes de pago de la parcela del cementerio donde había sido enterrado, abrochados a una especie de estampita, con una foto del cementerio al frente y al dorso el mapa para poder llegar a su tumba. La tumba de un hermano que nunca tuve. La razón de la tristeza de mi madre.

Pero no sólo por esa tristeza de mi madre es que no me gustaba invitar amigos a mi casa. También por inseguridades propias, cuestiones más banales que me avergonzaban y no quería compartir con nadie. Por eso yo hacía amistades que no exigieran un compromiso tan grande como para terminar cenando con nosotros, durmiendo en mi cuarto en el colchón desvencijado que guardábamos debajo de mi cama, usando el baño que, inevitablemente y a pesar de los distintos plomeros que revisaron las cañerías una y otra vez, olía a podrido. De todos modos y más allá de mis propios recelos, tenía un par de amigas con las que podía planear mis vacaciones. Nadie me iba a elegir de compañía pero tampoco nadie me iba a dejar afuera si quería sumarme; yo era una de esas chicas que no incomodan, que no molestan, pero que difícilmente alguien recuerde si estuvo o no en una fiesta.

Por qué Mariano me vio aquel verano fue siempre un misterio para mí. Sé que ayudó la circunstancia de que unas horas antes lo hubiera dejado su novia, Martha —alguien que siempre tuvo entre nosotros una entidad equivalente a la de la Rebecca de Daphne Du Maurier inmortalizada por Alfred Hitchcock—. Lo dejó para irse de mochilera con uno de sus mejores amigos. Lo cambió por el más lumpen del grupo, aquel por quien a él más le ofendía que lo hubiera reemplazado. Mariano —o el ego de Mariano— se vio obligado a reemplazarla a su vez rápidamente, como si el hecho no lo afectara, como si hubiera estado esperando que esa chica lo dejara para enamorarse de mí —o de cualquiera, pero fui yo quien estuvo a mano, allí, en Pinamar, alojada en el mismo complejo de bungalows, a dos metros de la puerta del de él—. Salí al jardín una tarde, esa tarde, después de venir de la playa, y lo vi llorando. Para mí no era una situación extraña, había visto llorar a mi padre muchas veces aunque al sentirse descubierto fingiera que la causa de su llanto era el libro que estaba leyendo. Mariano no tenía ningún libro detrás del cual ocultarse. Lo miré, no dije nada, sólo lo miré, él sí dijo: "¿Qué hacés esta noche?". Y así empezó todo, casi como un equívoco. Al día siguiente ya me presentó a sus amigos, no decía que éramos novios pero me llevaba de la mano, me daba besos en el hombro, yo me dejaba querer, era la primera vez en la vida que un hombre se mostraba interesado en mí de ese modo. Antes sólo había tenido noviazgos infantiles, juegos románticos entre niños que no pasaban de un beso en los labios detrás de un árbol. Mis amigas miraban la situación con recelo, les parecía raro tanto amor inesperado, desconfiaban. Aunque no les conté que la novia de Mariano acababa de dejarlo de alguna manera se enteraron, "te está usando para aparentar delante de sus amigos, cuando lleguemos a Buenos Aires te va a dejar". Pero si era cierto que me usaba, a mí me gustaba cómo él lo hacía, me gustaba cuando me daba besos en los hombros o me acariciaba el pelo, cuando cantaba una canción en ronda de amigos en la playa y decía delante de todos que me la dedicaba —una tarde se equivocó: me miró a mí pero dijo Martha, y todos nos hicimos los idiotas como si nadie, mucho menos él, hubiera reparado en el error—. Sin embargo, fue recién sobre el final de las vacaciones, cuando Mariano me acarició por encima de la bombacha, que ya no tuve dudas: estaba enamorada de él, si no, cómo iba a sentir lo que sentía. Y al llegar a Buenos Aires, a pesar del vaticinio de mis amigas, Mariano no me dejó. Me citó una tarde en un bar cerca de mi casa. Yo creía que, en efecto, había armado esa cita de modo tan formal porque me iba a dejar. Lo había imaginado diciendo, "fue lindo mientras duró", o alguna otra frase hecha equivalente, de esas que dicen poco y tratan de dañar lo menos posible. En cambio no dijo eso, sino que habló de nosotros, de que los fines de semana quería que yo fuera a Temperley porque a él no le gustaba el barullo de Buenos Aires, que ahí estaban todos sus amigos, que su casa era grande y yo podía tener un cuarto para mí sola, que les había contado a sus padres. Me preguntó si yo ya les había dicho a los míos; mentí, contesté que sí. Sobre el final de la cita dijo: "¿Sabés que mi ex volvió embarazada de su viaje al Sur? Desastre de mina, ¿no?", y se le llenaron los ojos de lágrimas. Aunque esta vez no lloró, al menos no delante de mí.

Nunca le conté a Mariano lo que mis amigas opinaban de él, pero era evidente que la antipatía y la desconfianza eran recíprocas. De a poco fui dejando de verlas y me hice amiga de los amigos de Mariano, de las novias de sus amigos, de los hermanos de sus amigos —Mariano no tenía hermanos—. Pasé de tener una familia de sólo tres integrantes que convivía en un departamento gris y con olor a cañería, a tener una gran familia con tíos, primos, abuelos. Siempre quise tener una gran familia, no lo sabía, no era un sueño posible, entonces ni siquiera se me ocurría. Mi padre me había explicado cuando yo era muy chica que, al poco tiempo de haber nacido yo, mi madre tuvo un primer "episodio", que los médicos les aconsejaron entonces no tener más hijos, y que por eso yo no tendría nuevos hermanos. Mi padre decía nuevos hermanos y yo no advertía lo que la palabra "nuevos" escondía. Tampoco dijo que aquel día —el del primer episodio, un par de meses después de mi nacimiento— coincidía con el aniversario de la muerte de ese hermano que nunca nadie mencionó. Pero sí me contó que poco a poco la pequeña familia que teníamos se fue alejando, cada vez nos invitaban a menos reuniones, cada vez nos visitaban con menor frecuencia. "Se equivocan, cuando tu mamá está bien es lindo estar con ella." Y era cierto que mi madre, en sus buenos tiempos, resultaba ser una mujer alegre, cariñosa aunque a su manera, con su estilo distante, divertida, a la que le gustaba cantar boleros y robarle unos torpes pasos de rock and roll a mi padre, absolutamente negado para cualquier danza. La única música de Piazzolla que le dejaba escuchar, cuando estaba bien y salía de su habitación para vivir con nosotros, era "Libertango". "Ésa sí que me da energía", decía, y revoloteaba brazos y piernas por la casa, como dando latigazos al compás del tema. De los malos tiempos él y yo nunca hablábamos, hacíamos como si no hubieran existido ni hubiera posibilidad de que volvieran a ocurrir; nuestra vida parecía detenerse entre un momento bueno y otro —porque la vida efectivamente se detenía en ese lapso—. Una amnesia de los tiempos en que mi madre se perdía dentro de ese otro ser oscuro en el que podía llegar a convertirse era lo que nos permitía seguir con una vida normal. Lo cierto es que, equivocados ellos o equivocado mi padre, perdimos contacto con los pocos parientes que teníamos y me crié en esa familia pequeña que formábamos nosotros tres, sin atreverme a desear otra cosa. Hasta que el domingo en que me senté por primera vez a la mesa familiar de Mariano, una mesa donde entraban cómodas doce personas, donde todos conversaban amablemente y se servían la comida o se alcanzaban el vino los unos a los otros, supe que eso era lo que había querido siempre: una familia donde la comida, la conversación, las risas, las bromas, circularan de un extremo al otro de una gran mesa. Una ilusión que no duró tanto. No me llevó demasiado tiempo darme cuenta de que las grandes familias también están llenas de resentimientos, mentiras, envidias y cañerías que huelen mal.

Yo sé que me enamoré de Mariano porque me gustaba físicamente, porque era inteligente, porque jugaba bien a cualquier deporte, porque tocaba la guitarra y cantaba para mí, porque lo vi llorar —aunque no lo haya visto llorar más que una vez—, porque me miraba con deseo, porque me gustaba sentirme enamorada. Y porque él tenía una gran familia. En cambio no sé por qué Mariano se enamoró de mí. Suponiendo que, más allá de la desilusión por la novia que lo había dejado aquel verano, él finalmente se hubiera enamorado de mí. Yo no me habría enamorado de mí. Se lo pregunté muchas veces: "¿Qué te enamoró de mí?". Mariano me respondía: "Todo". Pero decir todo era como decir nada. Nunca logré un dato específico: tus ojos, tu sonrisa, ni siquiera tus tetas, o tus piernas. Yo habría preferido que hubiera dicho "me enamoré por tus tetas" antes que esa respuesta: "Todo". "¿Qué te enamoró de mí?" Mariano se reía, le parecía tonta mi pregunta. Si estaba conmigo desde aquella tarde en Pinamar en que lo vi llorar en el jardín del bungalow, si me había pedido que me casara con él, si había comprado una casa con rosal donde vivir juntos, es porque estaba enamorado, no eran necesarias más aclaraciones. Y entonces acepté esa argumentación, acepté que yo era esa chica de suerte que decía mi madre. Sin embargo, hoy me pregunto si no es al revés, si en realidad lo que uno desea no tiene que ver más con la posesión que con el amor: uno quiere una casa, una mujer o un hombre con los que casarse, un rosal, y entonces se enamora —de quien sea posible— para tenerlos.

Nos casamos. En cuanto Mariano encontró la casa con el mismo rosal que la de sus padres. Yo estaba promediando mis estudios en el Profesorado de Lengua y Literatura en Avenida de Mayo. Mariano me convenció de que dejara la carrera y la terminara en Lomas de Zamora. Que era muy lejos, que el viaje no me convenía, que ese tiempo lo podía aplicar a otra cosa "más productiva". Fue la primera vez que mi padre se manifestó en contra de algo que decía Mariano, pero no lo escuché. Dejé el Profesorado de Avenida de Mayo. Aunque tampoco me recibí en Lomas. Recién pude tener un título gracias a la insistencia de Robert, que me obligó a anotarme en un profesorado en Boston y dar las equivalencias necesarias para ser aceptada en una carrera similar. No la misma carrera, algo parecido que me permitiría enseñar castellano y literatura española.

Los primeros años fue como jugar a que estábamos casados. Nos juntábamos a comer en casa con los amigos de Mariano que ahora eran mis amigos. O íbamos a comer a la casa de ellos, o a mirar películas, a hacer campeonatos de cartas —carioca, desesperado, asesino, basas, truco de seis—. Todos jugábamos a que estábamos casados. Si había apuros económicos, los padres de Mariano los solucionaban. El sueldo que le asignaba su padre en el sanatorio era menor del que le habría pagado a un tercero, pero le cargaba el tanque de nafta, le pagaba los gastos de mantenimiento de la casa, los impuestos, los servicios. Si no podíamos irnos de vacaciones, ellos alquilaban un departamento en alguna playa y nos invitaban. Si faltaba algo en la casa —platos, un televisor nuevo, una computadora o lo que fuera—, los padres de Mariano caían el fin de semana con una botella del mejor tinto y el regalo preciso.

Hasta que aparecieron los primeros niños en el grupo de amigos. Entonces el juego dejó de serlo. Ya no se podía "hacer como si", no se podía jugar "a la familia". Un niño era de verdad, lloraba de verdad, se prendía de la teta de verdad, se sonreía de verdad, hacía caca de verdad. Ahí fue cuando tomamos conciencia de que la vida había cambiado para siempre. Hasta entonces se podía fingir lo que fuera, incluso fingir estar enamorado, ya no. Algunos dicen que la familia se termina de armar con el segundo hijo, que con el primero sus integrantes siguen siendo individualidades. Tal vez eso nos pasó a mi madre, a mi padre y a mí, que nunca dejamos de ser tres individuos que vivíamos bajo el mismo techo, cada uno pendiente del otro. No fue el caso de la familia de Mariano, porque allí la falta de otro hijo se compensaba con infinitos primos y otros parientes cercanos. Lo cierto es que más allá de esa teoría, para nosotros —Mariano y yo—, la conciencia de familia "para siempre" comenzó en toda su dimensión con la llegada de ese hijo, nuestro hijo. Tal vez porque estábamos demasiado acostumbrados a las familias de tres, tal vez porque lo que siempre buscamos fue armar una familia y no una pareja. Tal vez porque cuando por fin supe de qué se trataba la tristeza de mi madre me aferré a ese embarazo convencida de que si no lo deseaba lo suficiente, si no lo cuidaba como era debido, si no era una buena madre, la mejor de todas, un día sería una mujer oscura recordando un hijo que ya no estaba. De alguna manera, terminó siendo así. Como fuera, y aun sin decirlo, los dos supimos que no habría más hijos. Y no los hubo.

Mientras nosotros poco a poco nos íbamos desdibujando, Federico pasó a ser el centro de nuestras vidas. Y de la de sus abuelos, y de la de sus tíos, el primer nieto de la familia. Todo lo que hacía Federico era festejado. Sus gracias eran más ocurrentes que las de ningún otro chico. Sus salidas más inteligentes que las de nadie. Sus ojos más lindos que cualquier par de ojos. En un viaje a Mar del Plata, al hacer una parada en una estación de servicio, Federico vio un pichón de gorrión muerto. Apenas decía unas pocas palabras, tenía algo más de un año, sin embargo vio el pájaro, lo señaló, nos miró y dijo: "Pipí morto la papa la mamá". Toda la familia conoció la anécdota, se llamaban los unos a los otros para contarse la gracia, la repitieron una y mil veces en reuniones familiares. "Pipí morto la papa la mamá". Alcanzó un solo "Pipí morto la papa la mamá" para concluir que el chico era superdotado, que el futuro que se avecinaba para él sería brillante, que ese niño se destacaría entre el inconmensurable mundo de los muchos niños.

Nuestro hijo era el más inteligente, el más lindo, el más amoroso, el más ágil, en definitiva, el mejor. Hasta que empezó el colegio. La escolaridad puso a prueba por primera vez a nuestra familia. En la sala de jardín de infantes, todos sus compañeros también parecían contar con el convencimiento de sus padres de que eran los más lindos, los más inteligentes, los mejores. Veinticinco chicos sentados en un aula, en la que todos eran el chico más destacado. Aunque ellos no lo supieran, porque la disputa no era de los chicos —al menos no en ese momento de la vida— sino de sus padres. Se abrió una competencia feroz, se puso a prueba la calidad familiar y la necesidad de aceptar el lugar que toca: el segundo, el del medio, uno más, incluso el peor de la clase. Federico había dicho "Pipí morto la papa la mamá"; pero otro compañero, frente al plato de milanesa, dijo —según su madre— que lo que estaba por comer tenía la forma de América del Sur. Y otro más aventajado sabía todas las capitales de los países de África. Incluso había un niño que le habría preguntado a su madre si no se podía denunciar al profesor de Educación Física porque pronunciaba mal el nombre inglés del colegio. A la anécdota que contaba uno, siempre había otra anécdota que la superaba. Siempre. A cada frase pronunciada por uno de los chicos se le oponía otra mucho más ocurrente; a cada dibujo una versión mejor realizada; a cada pirueta en el patio de juegos, una más compleja. Con la escolarización de Federico sentí por primera vez la crueldad de un mundo competitivo, el mundo de los mejores.

Pero la escolarización de mi hijo me sirvió también para templar el espíritu. En la primera reunión de padres a la que asistí tuve que sentarme en una silla de mimbre pensada para el tamaño del culito de un chico de cuatro años, donde el mío no entraba y se desbordaba por los costados mientras se acalambraba. La maestra se presentó y nos dio un ovillo de lana. Debíamos presentarnos ovillando o desovillando lana —ya no me acuerdo si una cosa o la otra—.

"Queremos que sientan exactamente lo que sienten los chicos", dijo la maestra, y yo dije que sí con la cabeza aunque no tenía la menor idea de por qué un niño que empieza el colegio se siente como un tonto adulto que desovilla lana con el culo apretado. Ovillé y dije: "Soy Marilé Lauría, mamá de Federico", y estaba por pasar el ovillo pero antes de llegar a entregarlo al padre sentado a mi lado —que encajado a su vez en la sillita que le había tocado en suerte no lograba acercarse a mí para alcanzarlo—, la maestra me preguntó: "¿A qué te dedicás, Marilé?". Y yo respondí: "Mi marido tiene el sanatorio que está a tres cuadras, del otro lado de la estación". No fui la única, muchas de las mujeres en esa primera reunión se presentaron como "la madre de", o "la mujer de". Ningún hombre se presentó como "el marido de". A nadie pareció llamarle la atención que nos presentáramos de esa manera. Tampoco a mí en aquel entonces. Hoy sí, porque sé que mi apellido no es Lauría. Nunca lo fue. Y si uso el apellido de Robert profesionalmente, es por comodidad, porque es más sencillo que usar el de mi padre, Pujol, que incluso todos pronunciarían mal en Boston, de una manera irreconocible, con una u y una jota que en inglés suenan muy diferentes que en castellano. Aunque debo reconocer que también uso el apellido de Robert porque lo siento propio. A aquella mujer que él encontró arrasada después de abandonar a su hijo, no le quedaba nada, ni siquiera un nombre.

Y nada habría tenido si no hubiera encontrado a Robert Lohan.

Federico era —tal vez lo siga siendo— de esos chicos a los que todos quieren. Los compañeros se peleaban por llevarlo a sus casas después del colegio. Las madres se lo disputaban porque sabían que invitarlo a jugar les aportaría mayor calma que quedándose a solas con sus propios hijos. Nunca fue el más destacado de la clase —y eso resultó un golpe que Mariano tuvo que asimilar en cuanto llegaron los primeros boletines: nuestro hijo no era el que mejor decía "Pipí morto la papa la mamá"—. Pero tampoco estaba entre los peores y a fin de año siempre lo elegían mejor compañero. Todos querían estar con él. Yo también. Era una gran compañía para mí. Un par, a pesar de ser tan chico. Siempre le hablé con lenguaje de adulto, siempre respondió con el mismo lenguaje, llamando a las cosas por su nombre: la vagina, vagina; el sexo, sexo; la muerte, muerte. Cuando supe que estaba embarazada de él —el único embarazo que tuve— primero sufrí un shock, me quedé paralizada, helada. Mariano saltaba de alegría mientras yo permanecía impávida. No tenía con quién compartir ni mi falta de alegría ni mis dudas. No tenía amigas de una intimidad que nos permitiera contarnos cosas tan privadas, al menos yo no me lo permitía. Mis padres ya no estaban, y aunque no habría hablado abiertamente con ellos de mi maternidad, añoraba su presencia, saberlos de mi lado. Fingí estar alegre, debía estar alegre si era una mujer “normal”. Por primera vez y estando ya de casi cuatro semanas me pregunté, en absoluta soledad, si de verdad yo quería ser madre. No me lo había preguntado antes. ¿Por qué no me lo había preguntado antes? ¿Por qué hay mujeres que damos por sentada la maternidad? ¿Por qué creemos que la maternidad llegará con la naturalidad —y la irreversibilidad— con la que llega el otoño o la primavera? Quería a ese niño por venir, eso estaba claro, y cuando lo tuve supe que no había otra cosa en el mundo que pudiera querer tanto. Pero más allá de amar a ese niño, ¿quería yo ser madre? ¿Había alguien en el mundo que pudiera entenderme, que pudiera comprender ese ambivalente sentimiento: querer al hijo, amarlo profundamente, pero dudar acerca del rol de la maternidad? Y esa pregunta llevaba irremediablemente a otra: ¿Me sentía capaz de ser madre? ¿Podía serlo? Yo tenía la posibilidad de engendrar un hijo dentro de mí, hacerlo crecer esos nueve meses, parirlo, ¿pero sería capaz de cuidarlo, de ayudarlo a que creciera a mi lado una vez que él y yo no ocupáramos el mismo cuerpo? ¿O, como mi madre, yo también sería alguien más en una casa compartida, alguien que a veces está y a veces no? ¿Podría yo algún día hacerle daño a ese que era lo que yo más quería en el mundo o aprendería a ser su madre? La mía había tenido el primer episodio después de que yo naciera, exactamente el aniversario del día en que había muerto otro bebé, mi hermano. ¿Me podía pasar a mí? ¿Podía suceder que yo también me perdiera en la misma oscuridad que mi madre después de engendrar este niño, aun cuando no hubiera muerto otro antes? Los médicos me dijeron que no,

Mariano me dijo que no. Pero yo no tendría la certeza hasta después de que mi hijo naciera.

Demasiadas preguntas en soledad. La maternidad o se la toma de la manera natural e irremediable o genera demasiadas preguntas. Seguramente fue por esas dudas que cuando nació Federico enseguida se lo entregué a Mariano: para que lo cuidara de mí, para que lo protegiera. Fue algo físico, lo pusieron en mi pecho pero en cuanto terminé de amamantarlo lo alcé y sé lo entregué a él. Tenía miedo de tocarlo, de sostenerlo en mis brazos, de que se me escurriera de las manos, de lastimarlo. Recién cuando unas horas después estuve segura de que yo seguía allí, de que no me había ido, de que no me había perdido en la tristeza como mi madre, segura de que yo podía ser madre, fue que lo pude sostener. Sin embargo, siempre estuve atenta, alerta, temerosa de que un día pudiera convertirme en otra cosa y dañarlo. Una mujer oscura, como mi madre. Pasaron seis años junto a él y el temor que tenía no cedió, pero tampoco se concretó. Tal vez así habría seguido la vida si aquella tarde no hubiera tenido que cruzar con mi auto una barrera baja, cruzarla como lo hacían todos los que conocían la zona porque sabían que nunca funcionaba. Pero la vida me puso esa circunstancia en mi camino. No a todos les pasa, hay gente que nace, vive y muere sin que nadie ni nada ponga a prueba lo que son, quiénes son, o si están capacitados o no para serlo. Una madre cualquiera, por ejemplo, no tiene por qué pasar por circunstancias de tanta envergadura para demostrar que puede serlo. Pero a mí la vida decidió probarme, y yo, en muchos sentidos, no alcancé la nota necesaria.

Los meses siguientes, los que antecedieron a mi huida, también fueron una prueba. Otra. Si me iba le ocasionaría un daño a mi hijo, pero si me quedaba el daño podía ser mayor. Si nunca en nuestras vidas se hubiera cruzado lo fatal, esa maldita circunstancia de una barrera cerrada y un coche que se detiene en medio de la vía cuando llega un tren, yo habría pasado la prueba como tantas otras mujeres. No digo que hubiera obtenido la mejor nota, tal vez apenas la mínima necesaria. Pero allí estaría, siendo la madre que podía ser. La maternidad está llena de pequeños fracasos que pasan inadvertidos. Si las circunstancias hubieran sido otras, nadie se habría enterado, ni siquiera yo, de quién podía llegar a ser.

Hay madres que tienen suerte y la vida no las somete a ese tipo de pruebas.

Yo sólo tengo una suerte pequeña.

Ese año, el año de la muerte de Juan, habían elegido a Federico para hacer de Manuel Belgrano en el acto del 20 de Junio, Día de la Bandera. Además de decir unas pocas palabras más que el resto de los compañeros en un pequeño *sketch* escolar, él tendría que sostener la bandera mientras los alumnos de cuarto grado dijeran "Sí, prometo", después de que la maestra les leyera las palabras que el propio Belgrano le leyó a su ejército compuesto por soldados y no chicos de escuela primaria. Federico lo dijo contento pero sin alharaca. Es más, lo dijo porque yo le pregunté: "¿Y a quién eligieron para ser Belgrano en el acto?". "A mí", me respondió. Era una pregunta que le hacía cada vez que se acercaba la fecha de algún acto escolar desde sala de 4 —en sala de 2 y de 3 todavía no habíamos reparado en eso de ser el elegido o no—. Y siempre la respuesta era el nombre de otro compañero. Cambiaba el prócer, pero a él nunca le tocaba el protagónico. Ni Belgrano, ni San Martín, ni Sarmiento, ni Colón. Tampoco el Mago de Oz o Mowgli en *El libro de la selva*, o Peter Pan en el *concert* de fin de año. Ni siquiera la contrafigura —el jefe del ejército realista, Garfio, el horrendo tigre de Bengala Shere Khan, personajes que, aunque malos, aseguraban una participación estelar como para invitar a la fiesta a abuelos, tíos y padrinos—. Cinco años en el colegio, unos treinta actos de distinto tipo a los que fuimos a aplaudirlo, sacarle fotos y filmarlo, mientras Federico cumplía con papeles en los que apenas decía una palabra —si es que la decía— y donde lo ubicaban en la última fila, casi detrás del telón descorrido. Pero todo eso ya no importaba porque ahora, a sus seis años, a nuestro hijo le daban, por fin, un protagónico en el acto escolar. En aquella época Federico era "nuestro" hijo. Desde que me fui nunca más dije —ni me digo— "nuestro hijo". Como si Federico pudiera ser hijo de Mariano o hijo mío, pero no de los dos juntos.

Sabía que la madre de Gastón Darlin se había quejado porque su hijo esperaba ser Cristóbal Colón el 12 de Octubre del año anterior. Y la madre de Betina Mendoza porque a su hija en el *concert* de fin de año le habían dado el papel de una de las hermanastras de Cenicienta, mientras que a una compañerita —que ella consideraba visiblemente menos agraciada que su hija— el papel de la protagonista. También en sala de cinco hubo un comentado escándalo cuando el padre de Mateo Quirós entró en la sala de profesores a los gritos, vociferando que si su hijo, y los demás varones de la clase, se tenían que poner calzas de lycra turquesa para el *concert*, "van a terminar todos putos". Y lo cierto es que Gastón consiguió que le asignaran el papel de Rodrigo de Triana —al que le dieron bastante más letra que su famoso grito de "¡Tierra!"—, Betina fue finalmente Cenicienta, y ni Mateo Quirós ni ninguno de sus compañeros lucieron calzas turquesa en el acto de fin de año.

Mariano me había conminado a ir a hablar al colegio, "¿Qué pasa? ¿Lo discriminan por algo? ¿Será que otras madres van y se quejan y vos y Federico aceptan sin chistar lo que les toca, o lo que no les toca?". Ese año le había jurado a Mariano que finalmente me había quejado del asunto en la reunión que había tenido con la maestra en el inicio del nuevo ciclo lectivo, que ella me había asegurado que lo iban a tener en cuenta, que me había dicho que seguramente en algún próximo acto tendría un papel preponderante. Pero no era cierto. Así que cuando Federico dijo que el próximo 20 de Junio él sería Belgrano, hubo festejos en casa. "¿Viste que había que quejarse?", me dijo Mariano delante de Federico, que a su vez me miró y me preguntó: "¿De qué había que quejarse, mamá?". Y yo le contesté: "De nada, hijo". Pero Mariano, como siempre hacía cuando quería darnos lecciones de vida, se puso en cuclillas, le agarró la pera, lo miró a los ojos, y dijo: "De las injusticias, hijo, siempre hay que quejarse de las injusticias". Y allí quedó el tema.

El incidente de la barrera baja fue tres semanas antes del acto del Día de la Bandera. Habían empezado los ensayos unos días atrás. Federico me llegó a contar algo del ensayo de esa tarde cuando subió al auto. Dijo que lo más difícil era sostener el mástil sobre el hombro porque le pesaba mucho. Pero enseguida Juan se puso a cantar la canción de la araña y entonces Federico dejó su relato y se le sumó. Mi hijo y Juan cantaban la canción de la araña, que a partir de ese día me perseguiría tanto tiempo. "Incy Wincy araña..." Íbamos al cine, no me gustaba hacer programas durante la semana a la salida del colegio, Federico salía cansado y yo también, pero se lo había prometido. Aunque el regalo se debía en gran parte a que Federico había obtenido el protagónico en un acto, o a que su padre estaba contento porque su hijo había obtenido el protagónico en un acto, o a que me sentía feliz porque su padre estaba convencido de que yo había logrado defenderme "de las injusticias", la versión oficial para Federico y Mariano era que lo llevaba al cine en medio de la semana para festejar que había obtenido el primer premio en un concurso de manchas que había organizado la maestra de Arte del Saint Peter. De a poco se iban sumando logros que podía esgrimir —ante los éxitos de los otros chicos— cuando nos juntábamos con algunas de las madres del curso a tomar café después de dejarlos en el colegio por la mañana. "¿Así que ganó el concurso de manchas? ¿Mirá si te sale artista, Marilé?" Y yo, aunque había mirado la mancha de mi hijo y no le había encontrado mayor mérito que a las manchas de sus compañeros, dije: "Sí, Federico tiene una veta artística". Los encuentros para tomar café con las madres estaban plagados de comentarios similares. Además de criticar a la maestra o alabarla según lo maravilloso o no que resultaba para ella cada uno de nuestros hijos. "Los chicos la dan vuelta, saben más que ella." "Al mío lo caló enseguida, me dijo que es un chico brillante." "Se porta pésimo porque se aburre." "¿No te contó tu hijo lo mal que lo trató la maestra de Música el otro día delante de todo el grado?" Algunas pocas veces la charla avanzaba sobre un costado más personal. Una de esas veces me tocó a mí ser la protagonista. O a Martha. "¿Sabés que Martha se instaló otra vez en el barrio y en cuanto le den las vacantes va a cambiar a los chicos al Saint Peter?" "¿Qué Martha?", preguntó una madre nueva en el grupo, pero nadie contestó. En cambio la que vino con la novedad me miró y dijo: "No te jode, ¿no? Pasó tanto tiempo...". La pregunta me tomó por sorpresa. ¿Por qué tenía que molestarme esa mujer que había sido novia de Mariano y lo dejó plantado en la arena de Pinamar para escaparse al Sur con otro? Sin embargo, y aunque me hiciera la tonta delante de las otras madres —incluso de mí misma—, saberla cerca me perturbó. Su presencia estuvo siempre instalada como un silencio entre Mariano y yo, alguien de quien nunca se vuelve a hablar pero resuena en cada acto cotidiano —desde preparar la comida hasta tener sexo— como si Mariano hubiera estado comparándome siempre con ella. O con lo que él imaginaba que habría sido ella en ese matrimonio. Sin embargo, la presencia de Martha entre nosotros la conocía sólo yo —o eso creía—, así que dije: "No, ¿por qué tendría que molestarme?". Ninguna respondió, incluso alguna sacó otro tema y parecía como que ya no volveríamos a hablar del regreso de Martha, cuando una madre agregó: "Volvió separada, el ex se quedó allá. ¿Dónde era que vivían? ¿Bariloche o La Angostura?". Lo dijo como un comentario al margen, algo dicho al pasar y no como respuesta a mi pregunta, que se suponía retórica. Pero me estaba respondiendo. Tenía que molestarme, volvía y separada. Las demás asintieron porque ya sabían y me di cuenta de que todas —menos la que preguntó "¿Qué Martha?"— conocían aquella historia que precedió a la mía con Mariano y, de alguna manera, me compadecían. "No te jode, ¿no?", volvió a repetir alguna de ellas, ya no sé quién. Dije que no, que para nada. Lo repetí una vez más y luego cambiamos de tema. En la siguiente reunión de café de madres, Martha estaba sentada con nosotras anunciando que en el Saint Peter ya le habían dado las vacantes para los chicos, contando de su separación, de lo mal que lo había pasado en sus años de casada, hablando con detalle de sus dos hijos: Pedro y Mariano. Cuando dijo "Mariano" me llevé el pocillo a la boca, tratando de simular que ni siquiera había advertido la coincidencia. Pero sin duda lo advertimos todas. El silencio que siguió al nombre de su hijo —y al del padre del mío, y del ex novio de ella— no fue fácil de tolerar. Se cortó, seguramente antes de los veintitrés segundos, gracias a que Leticia Saldívar volcó el café sobre otra de las madres. La perplejidad cedió ante esa azarosa torpeza. Siempre que se haya tratado del azar.

Aquella tarde en la que íbamos al cine a festejar el premio de Federico en el concurso de manchas, teníamos el tiempo justo como para poder llegar al comienzo de la película. No veríamos las publicidades; eso no tenía ninguna importancia, al contrario, pero tampoco podríamos comprar maní con chocolate, lo que sí era un inconveniente, ya que tanto para Federico como para mí el cine sin maní con chocolate no era lo mismo. En tal caso lo instalaría en su butaca y saldría a buscarlo. Ya vería. Cuando llegué a la barrera había dos autos delante de mí. Esa barrera —lo sabíamos todos los que vivíamos en el barrio— era muy raro que funcionara. Por eso con cuidado y mirando a un lado y al otro, no había quien no la pasara aunque estuviera cerrada. Hacia la derecha estaba la estación, y era muy fácil determinar si había o no un tren. En cambio hacia la izquierda, a unos doscientos metros, empezaba una curva. Eso determinaba que el margen de error fuera más grande. Uno sólo podía estar seguro de que no venía un tren a menos de doscientos metros y eso daba tiempo escaso pero suficiente para meterse en la barrera haciendo zigzag y pasar. Había que hacerlo con rapidez, no a una velocidad excesiva pero sin cortar la marcha. No había que detenerse, nunca.

Pero esta afirmación partía de la base de que detenerse en medio de la barrera o no era voluntad de quien conducía. Y en este caso no lo fue.

No fue mi voluntad. Sí mi responsabilidad. Y mi error.

No debí pasar.

Sin embargo pasé y el auto se detuvo.

Y un niño murió.

Esa desgracia ya no podrá evitarse.

La función empezaba a las cinco y media, la película unos diez minutos después. Íbamos de la mano, contentos, por la vereda que llevaba de la salida del colegio al lugar donde yo había estacionado. No siempre buscaba a Federico en auto, muchas veces lo hacía caminando. Pero ese día íbamos al cine, y el cine quedaba del otro lado de la estación, a unas diez cuadras. A poco de avanzar, apareció corriendo Juan Linardi, un compañero de Federico, lo empujó desde atrás dándole un golpe en la espalda que desplazó a mi hijo hacia adelante y a mí me hizo trastabillar. A pesar del bruto empujón, Federico y yo no nos soltamos las manos. Unos pasos más atrás venía la madre de Juan, que se rió no sé bien por qué y dijo: "Epa, hijo, ¡cuánto entusiasmo!". Y enseguida agregó: "Juani quiere invitar a Fede a jugar a casa. Su hermano se fue a lo de un amigo, así que tienen la casa para ellos solos. Viene, ¿no?". Me molestó la forma en que Juan golpeó a Federico, me molestó que ella no se disculpara por el bruto empujón de su hijo sino que le pareciera una gracia, me molestó que esa mujer le dijera a mi hijo "Fede" —un diminutivo que no me gustaba y jamás usaba—, me molestó que diera por hecho que si su hijo quería que Federico fuera a jugar a su casa, mi hijo iría. Intenté recuperar el ritmo de la respiración para decir con fingida tranquilidad que no, que ese día Federico no podía ir a la casa de nadie.

Pero no hizo falta que yo dijera nada, mi hijo respondió antes, él mismo lo hizo, dijo que no, que nos íbamos al cine. Juan insistió, se quejó, hizo un pequeño escándalo. Era un chico inquieto, que se molestaba bastante cuando le decían que no y las cosas no salían como quería. No mucho más que tantos otros chicos —o tal vez un poco más, varias madres evitaban invitarlo a jugar a sus casas porque decían que rompía lo que tocaba—. En cualquier caso, a mí me resultaba especialmente perturbador su comportamiento porque Federico fue siempre muy dócil. Pero mientras mi hijo observaba cómo Juan pateaba un tacho de basura, enojado porque las cosas no salían como las había planeado, y yo me seguía disculpando con la madre porque ya teníamos armado el programa de ir al cine desde hacía unos días y no queríamos cancelarlo, la mujer abrió su cartera, sacó la billetera, buscó un billete y me lo extendió al tiempo que decía: "¿Y si lo llevan al cine con ustedes? ¿Qué mejor? Con esto alcanza, ¿no?". Federico me miró y supe qué quería decirme, pero no pude cumplirle, no supe cómo decir que no, no pude, apenas atiné a rechazar el billete. La madre dio las gracias con exageración, besó a su hijo apretándolo con fuerza, le dijo "portate bien" con el dedo índice extendido agitándolo en el aire, y se fue. Juan, después de deshacerse de ella, sonrió feliz y le pasó el brazo por detrás de la espalda a Federico, aferrándose a su hombro como hacen los grandes amigos. Mi hijo pareció aceptar las circunstancias con su habitual sobreadaptación —una sobreadaptación que a diario nos resultaba muy cómoda a nosotros, a quienes estábamos cerca, pero que seguramente a él le demandaba un gran esfuerzo—. Volví a tomarlo de la mano —sólo a Federico, Juan venía acoplado a él— y así los encaminé hacia el auto. Ese auto que poco después se detendría sobre los rieles del ferrocarril.

¿Cuál es el momento que determina lo inevitable? Si la vida es una sucesión de hechos que se van dando uno a continuación de otro, ¿cuál de ellos, de no haber sucedido, podría haber impedido aquel horror? No me refiero al hecho concreto e indiscutible de no haber cruzado con la barrera baja. Me refiero a circunstancias más sutiles relacionadas con el destino, no con la responsabilidad. Del hecho concreto la responsable soy yo. Siempre lo supe, nunca lo negué. Pero esa irresponsabilidad tuvo una consecuencia dramática; en cambio, para otros que también la cometieron no la tuvo. Entonces, ¿por qué sucedió lo que sucedió? ¿Por qué sucedió ese día que venía con nosotros Juan y no otro día? ¿Por qué a mí y no a otro conductor de los tantos que pasaban la barrera baja? ¿Incluso por qué se detuvo mi auto y no el de alguno de los que pasaron primero que nosotros esa misma tarde, unos segundos antes? ¿Por qué murió Juan y no yo? ¿Por qué no Federico? Y cuando pienso, me digo o escribo: "¿Por qué no Federico?", el estómago se me desgarra. Como se debe haber desgarrado el estómago de la madre de Juan cuando supo que su hijo había muerto. Ella también, además de odiarme, se debe haber maldecido una y mil veces por haber insistido para que su hijo viniera con nosotros al cine. Pequeños actos en los que uno nunca repararía si no fuera porque se encadenan hasta provocar una desgracia. Si Federico no hubiera ganado el concurso de manchas. Si en el cine no hubieran dado ninguna película que nos interesara ver aquella tarde. Si Juan no se hubiera encaprichado en venir con nosotros. Si su hermano no hubiera ido a jugar a la casa de un amigo. O si su madre no hubiera propuesto con prepotencia que lo lleváramos. O si yo le hubiera hecho caso a la mirada de Federico y me hubiera atrevido a decir que no, que Juan no podía venir con nosotros con la excusa que fuera, o incluso sin excusa. Esas circunstancias o cualquier otra: tomar un camino distinto, cruzar por otra barrera, salir del colegio cinco minutos antes o cinco minutos después. Me pregunté eso en aquel momento y durante muchos años más. Hasta que Robert me ayudó a no preguntármelo más: hay ciertos acontecimientos que están destinados a suceder, no hay escapatoria, no hay circunstancias que pudieran haberlos evitado. Aunque uno tome un atajo, o se desvíe del camino o incluso se detenga. No hay ni razón ni religión que logre explicar por qué. Como no se puede explicar por qué las guerras, o las masacres, o las pestes que diezman poblaciones enteras, o enfermedades tremendas en niños recién nacidos. Por qué. Para qué. Con qué finalidad. No hay respuesta. No hay escape. La hoja de ruta de nuestra vida tiene marcada en el camino pasar por esa estación, y uno, haga lo que haga, pasará. Lo único que no está marcado, decía Robert, es qué hará cada persona después de pasar por esa circunstancia. Es allí donde está el libre albedrío: decidir después del episodio, del accidente, de la guerra, de la catástrofe, del error, de la fatalidad. No es posible evitarlo, ésa no es la opción, pero sí hay opción para decidir qué hacer después. Y yo elegí. Según Robert no de la mejor manera. Pero elegí. Nadie me obligó a hacer lo que luego hice. No todos podemos elegir la mejor opción, no todos estamos preparados.

Aunque también, según Robert, uno tiene el resto de la vida para seguir eligiendo, y así reparar o clausurar para siempre cualquier posibilidad de reparación.

La charla con Juan y su madre nos robó algo del poco tiempo que teníamos. Abrí las puertas del auto, hice subir a los chicos, controlé que se pusieran los cinturones de seguridad, y les dije: "Bajen el seguro". Yo dije: "Bajen el seguro", no lo olvidaré nunca. En esa época los seguros de las puertas —excepto en autos más sofisticados— no se manejaban con un botón central con el que el conductor tenía la posibilidad de controlar todas las puertas, sino que cada pasajero ponía o sacaba el suyo. Al menos mi auto no lo tenía, un auto muy básico y con varios años encima, que Mariano insistía en que cambiara pero a mí me parecía innecesario para el poco uso que le daba. Incluso yo consideraba un exceso que hubiera dos autos en la casa. Aquella tarde no sólo dije: "Bajen los seguros", sino que cuando entré, después de ponerme el cinturón y darle marcha al auto, lo comprobé: "Bajaron los seguros, ¿no?". Juan no respondió sino que empezó a tararear "Incy Wincy araña". Federico dijo: "Sí, mamá", con cierto fastidio aunque con sabiduría: era mejor contestarme para que no siguiera insistiendo con la misma pregunta eternamente. Y enseguida me contó del ensayo.

Si no hubiera dicho: "Bajen los seguros".

Si ellos no los hubieran bajado.

Si otro camino.

Si otro cine.

Si otra madre.

Luego de la demora por la llegada de Juan y su madre, yo sabía que íbamos con el tiempo aún más justo como para estacionar frente al cine, sacar las entradas y meternos en la función. El tránsito era normal, si nada sucedía llegaríamos con suficiente margen. Pero la barrera estaba cerrada. Aquella barrera siempre estaba cerrada, cómo no lo pensé, cómo confié en esa suerte que mi madre decía que yo tenía. En el conurbano sur recién empezaban a instalarse las primeras barreras automáticas y este paso aún no se había modernizado. Los guardabarreras, ante la ausencia de personal, le daban prioridad a la barrera de la calle principal, que era la que tenía más tránsito. El mucho tiempo que convivimos con esa situación, a los vecinos —y los no vecinos pero que solían frecuentar la zona— nos hizo creer que teníamos el derecho a cruzar de todos modos. Como si el habitual engaño —el hecho de que la luz titilara, que sonara la campana de alerta y que la barrera estuviera baja— nos habilitara a concluir que en ningún caso llegaría un tren.

Algo así como lo que sucede en la fábula del pastor mentiroso. Sólo que en esta historia no había un lobo que se comía las ovejas sino un tren que arrasó la vida de un niño.

La barrera estaba baja. Delante de mí había dos autos. Aunque sonaba la campana y titilaba la luz roja supuse que, como siempre, todos los indicios que anunciaban que venía un tren eran una falsa alarma. Me maldije por haber tomado ese camino en lugar de otro —y no sospechaba cuánto me maldeciría de allí en adelante—. Miré por el espejo retrovisor con la intención de hacer marcha atrás, tomar un camino distinto y cruzar por otra barrera. Pero en ese momento se estacionó una camioneta detrás de mi auto y ya no fue posible desandar el camino. El primer conductor se adelantó, metió la trompa, comprobó la falsedad de los indicios y pasó. En el asiento trasero, los chicos —mi hijo y su amigo Juan— cantaban en inglés una canción que yo nunca antes había escuchado. "¿De dónde salió esa canción?", les pregunté. Pero en lugar de contestarme siguieron cantando. La debían haber aprendido ese día, pronunciaban las palabras con el esfuerzo fonético de quien no conoce lo que cada una de ellas significa pero sí su sonido, la música de una palabra detrás de la otra, ese tono que le da un posible sentido ausente a lo que se dice. Cuando llegaron a la pausa del siguiente estribillo Federico me pidió que los mirara. Los busqué en el espejo retrovisor y vi que mientras cantaban movían los deditos en el aire imitando el movimiento de esa araña, "Incy Wincy Spider". Gracias a la música, al sonido de la letra, a los gestos, y sin preocuparse por cada palabra pronunciada en ese otro idioma, ellos sabían que la araña treparía hasta el techo, se colocaría en la canaleta y descansaría allí hasta que llegara la lluvia para tirarla, una vez más, al lugar de donde salió. Trepar, caer, y volver a trepar. Como Sísifo, pero un insecto, y en inglés.

En algún momento, mientras Incy Wincy araña trepaba nuevamente a la canaleta, dejé de observar a Federico por el espejo y miré hacia adelante. Había quedado sola frente a la barrera, el primer auto había desaparecido; el segundo estaba encarando el camino para esquivar la barrera y pasar del otro lado de la vía. Y unos segundos después eso hizo. Los dos autos que tuve delante cruzaron a pesar de la luz, a pesar de la campana, a pesar de la barrera baja. Miré el reloj, en cinco minutos comenzaría la película. Había que tomar la decisión de cruzar o no. Y siempre cruzábamos. Todos los que conocíamos esa barrera. Avancé, metí la trompa, miré a un lado y al otro. Hacia la derecha, la estación se veía con claridad y podía tener la certeza de que no había ningún tren allí. Miré entonces hacia la izquierda, pero hacia ese otro lado sólo se veía hasta unos doscientos metros porque luego los rieles dibujaban una curva que impedía la visión. Sin embargo, doscientos metros daban tiempo suficiente como para que cualquier auto entrara a la barrera, avanzara y cruzara del otro lado. Excepto que sobre los rieles del ferrocarril el auto se detuviera. Y sin explicación, sin que aún hoy yo pueda saber por qué, mi auto se detuvo. Aunque hubiera sido un problema de manejo —aunque yo hubiera apretado mal el embrague, o los cambios, o la aceleración y eso lo hubiera hecho detenerse—, la explicación no me alcanza. Porque inmediatamente intenté encenderlo, puse punto muerto, giré la llave y el auto no arrancó. Intenté otra vez y tampoco, intenté en una tercera oportunidad y nada. Entonces fue que sentí la bocina del tren. Miré hacia la izquierda y supe, por primera vez en mi vida, lo que es el pánico. No temor, ni miedo, ni siquiera la palabra pánico utilizada de manera banal. El verdadero pánico. Intenté arrancar una vez más, con la bocina del tren que volvía a sonar aturdiéndome, el auto hizo un ruido ronco que me engañó y me hizo creer, por un instante, que al fin arrancaría. Pero enseguida el motor se ahogó, y otra vez no funcionó. Supe que el auto ya no iba a arrancar. Grité: "¡Sáquense los cinturones!", abrí la puerta y fui a ayudar a los chicos. Manoteé primero la del lado de Federico. Más allá de que fuera la del lado de mi hijo, era lógico que intentara abrir primero la puerta que se presentaba de inmediato en mi camino. Me lo recriminó un tiempo después la madre de Juan —no a mí, conmigo no habló nunca más, pero me hizo saber lo que pensaba, "eligió salvar a su hijo"—, y también me lo recriminaron otros. Pero aunque no puedo comprobarlo, estoy segura de que si los chicos se hubieran sentado cada uno en el asiento contrario, también yo habría abierto primero esa puerta. Lo dice la lógica, lo dice el sentido común, el instinto. Sin embargo, no lo sé con la contundencia que reclama un caso como éste, la muerte de un niño. Uno puede asegurar lo que habría hecho ante determinada circunstancia, pero no es cierto que lo sepa. Uno sólo puede saber qué es lo que hizo estando allí. Todo lo demás son sólo especulaciones incomprobables. Lo cierto es que parece absurdo pasar por delante de esa puerta y no intentar abrirla. Así que eso hice, intenté abrir la puerta que encontré primero, la puerta de Federico. Estaba trabada, tenía puesto el seguro, yo les había pedido en cuanto nos subimos que pusieran el seguro, yo verifiqué que lo hubieran hecho, y aunque al bajarme grité: "¡Saquen el seguro!", la puerta seguía trabada. Volví a gritar, le grité a Federico una vez más: "¡Abrí la puerta!". Y Federico la abrió. Desenganché el cinturón y lo saqué. Corrí entonces hasta la puerta de Juan arrastrando a Federico detrás de mí, llevándolo de la mano con fuerza, como si su cuerpo fuera una extensión del mío. Hice lo mismo, grité: "¡Abrí la puerta!". Juan no la abrió. Le grité más fuerte pero no sólo no sirvió sino que además tuvo un efecto adverso: en lugar de abrir la puerta Juan se enojó y empezó a patear el asiento de adelante, una pierna y luego la otra dándole con fuerza al respaldo del acompañante, hasta que pareció agotado, se detuvo y se puso a llorar. Lloraba como un chico, porque eso era. Manoteé la puerta de adelante, la del lado del acompañante, estaba trabada. Volví a gritar "¡Abrí la puerta!", intenté decirlo con más calma pero con la misma urgencia, con el mismo énfasis. Federico golpeó en la ventanilla con su pequeño puño cerrado y casi repitió mis palabras: "¡Abrí!, ¡abrí, Juan!". Pero mi hijo lo dijo sin gritarlo, como un susurro o una súplica, algo que se decía a sí mismo más que a su amigo. Juan lloraba cada vez más fuerte, volvió a patear otra vez, con la vista clavada en el respaldo del asiento donde sus pies golpeaban. Muchas palabras para contar lo que sucedió en tan pocos segundos. El tiempo expandido en palabras. Entonces Juan, sin dejar de llorar, me miró aterrado, y yo por fin supe que nunca iba a abrir la puerta. Sólo me quedaba la opción de volver a aquella por la que bajé a Federico y sacarlo por ahí. ¿Por qué no lo hice antes, en el mismo momento en que saqué a Federico? Porque Juan estaba lo suficientemente lejos como para pensar que me llevaría más tiempo sacarlo por allí, porque confié en que él también sacaría el seguro como lo había hecho mi hijo, y porque en esas circunstancias uno, evidentemente, no toma las mejores decisiones. Fuimos por detrás del auto. Mi hijo, que tenía un pie descalzo —recién en ese momento me di cuenta de que él tenía puesta una sola zapatilla—, enganchó su dedo gordo debajo de un riel. Intentó sacarlo pero no pudo, yo lo tironeaba de un lado y las vías del tren del otro. "¡Mamá!", dijo, "¡no puedo!", y otra vez sonó la bocina del tren, un bocinazo interminable que creo ya no se detuvo. En la desesperación por llegar a sacar a Juan tiré de Federico y mi hijo por fin logró sacar el pie atrapado en la vía pero junto con el brusco movimiento se arrancó la uña. Lloró de dolor, el dedo estaba empapado en sangre. Sin embargo no pensé en detenerme. Ver brotar la sangre de Federico, algo que en otro momento habría logrado desvanecerme, me fue indiferente, no podía pensar en su sangre, ni mirarla, ni sentir su dolor, sólo podía hacer lo que tenía que hacer: llegar a la puerta por donde había logrado sacar a mi hijo, y sacar a su amigo, el hijo de otra madre.

Pero no pude. Antes de hacerlo, antes siquiera de terminar de andar el trayecto que me conduciría a esa otra puerta, el tren se llevó al auto. Y dentro de él a Juan. La velocidad con la que iban la locomotora y sus vagones provocó un vacío que nos tiró al piso. Federico lloraba y decía: "Mi uña, mi uña, mamá". Su uña le permitía no pensar en Juan en ese preciso momento en que el tren lo arrollaba. O al menos no decirlo, no nombrarlo. La bocina no se detuvo ni siquiera cuando el tren lo hizo. Por debajo de su sonido se sentía el ruido que hacen los hierros al aplastarse. Y los gritos de la gente que esperaba el tren en la estación.

Me puse de rodillas y traje a mi hijo hacia mí, abracé a Federico de tal manera que no pudiera ver lo que yo estaba viendo: un auto que había desaparecido debajo de un tren, hecho un bollo retorcido, con un niño adentro.

No fui al entierro de Juan. Después de que nos llevaron a la clínica del padre de Mariano —siempre me costó decir "la clínica de Mariano", y mucho más "nuestra clínica"— y verificaron con la plana mayor de médicos que Federico y yo no teníamos más daño físico que su uña arrancada del dedo gordo del pie y algunos golpes y raspones, nos mandaron a casa. A mí sedada, y a Federico custodiado permanentemente por sus abuelos y tíos. En algunos momentos de lucidez, pensé que tal vez habían llegado a mi vida esos episodios de oscura ausencia que había padecido mi madre —si es que ella los sufría como los sufríamos mi padre y yo, o lo que padecía eran los otros momentos, aquellos en que tenía que vivir—. Sin embargo, cuando se iba el efecto de los sedantes, o amainaba su potencia entre una pastilla y otra, yo lo único que quería era ver a Federico. Mi deseo era estar con él, a diferencia de lo que le pasaba a mi madre, que quería estar a solas con su oscuridad.

Yo quería ver a mi hijo, tocarlo, llorar con él si era necesario. Pero siempre lo veía en presencia de otro —abuela, tía, Mariano o quien fuera—, como si tuvieran miedo de dejarme a solas con Federico. Incluso una tarde, en que ninguno de ellos podía estar por un par de horas, Mariano le pidió a Martha que viniera a acompañarnos. Vino con Pedro, su hijo menor, el que tenía la misma edad que nuestro hijo y que no bien entró al colegio empezó a hacerse amigo de Federico. Le trajeron un regalo, un dinosaurio con alas desplegadas y cola más larga que su cuerpo. En cuanto Federico lo sacó del paquete, los chicos usaron el dinosaurio como si fuera un avión y lo hicieron volar de un lado al otro del living, llevándolo una vez cada uno. Hasta que un rato después se entusiasmaron con el juego y salieron al jardín. Yo quedé a solas con Martha. Ella se ofreció a prepararme un té. Fuimos las dos a la cocina, Martha insistió en ir sola pero no la dejé, no me gustaba esa situación en la que ella parecía la dueña de casa y yo la invitada. "Tenés que ser fuerte", me dijo y yo creí que era un comentario de forma, algo que podría haber dicho ella o cualquiera —de hecho ya me lo habían dicho algunas veces después del suceso de la barrera, incluso Maplethorpe lo diría unos días después aunque con un sentido verdadero y sincero—. "Tenés que ser fuerte" dicho por Martha sonó para mí como una frase hecha que uno tiene que oír y dejar pasar. Sin embargo entonces, mientras ella echaba el agua en la pava y la ponía sobre el fuego, agregó: "Por lo que pasó, pero sobre todo por lo que va a pasar". Eso sí me hizo prestarle atención. "¿Y qué es lo que va a pasar?", me atreví a preguntar. "Bueno... Vos sabés lo que pasó en el entierro de Juan, Mariano te habrá contado." "Sí, algo me contó", mentí. "Fue muy desagradable escuchar a la madre de Juan gritarle las cosas que le gritó, echarlo del entierro..." Sentí que las baldosas de la cocina se movían debajo de mis pies. "Y él lo soportó con una dignidad..., habrías estado orgullosa de él si lo hubieras visto." Miré hacia abajo. Me temblaban las piernas. Martha siguió: "Porque decime, ¿Mariano qué tiene que ver con todo esto? Ni siquiera Federico, pobrecito...”. La miré, se quedó un instante en silencio, con sus ojos clavados en los míos y luego dijo en un tono más bajo: “Vos tampoco, en el sentido en que ella lo dijo, claro...”. Como si necesitara deshacerse de esa última frase, controló si hervía el agua dentro de la pava, puso los saquitos de té en cada taza y recién después siguió. “Fue un accidente, nos podría haber pasado a cualquiera de nosotros, si todos cruzamos con la barrera baja, pero viste cómo es la gente... Por eso te digo que lo que viene va a ser duro, porque ya empecé a escuchar cosas, cosas ridículas, por supuesto, y vos también las vas a escuchar. Yo creo que es mejor que estés preparada. Porque ni la mujer más fuerte está en condiciones de soportar ciertos comentarios. Yo no los soportaría.” “¿Cosas como qué?” Martha apagó el fuego, echó el agua en mi taza y la puso delante de mí. “Frases, miradas, desplantes.” “Decime algo que hayas escuchado, así me empiezo a preparar”, le pedí. Martha me miró, hizo una pausa como si estuviera dudando de si repetirme lo que había escuchado o no, y luego dijo: “Bueno... si vos preferís saberlas... Tal vez sea mejor, sí... Cosas como que hace rato que Mariano te pedía que cambiaras el auto y vos no lo hacías, que siempre manejaste con mucho temor y eso te convertía en una conductora peligrosa, que estabas tomando alguna medicación...”, Martha me dio la espalda para prepararse su té, “que a veces parecías...”. “Yo no estaba tomando ninguna medicación”, la interrumpí. “Lo sé, lo sé... Me dijo Mariano. Pero eso es lo que dicen. Van a decir muchas falsedades. Siempre cosas probables; viste cómo es, la mentira que funciona es la que se construye sobre algo que podría ser. Si dijeran que estabas nerviosa porque tenías que encontrarte con un amante en el cine, nadie lo creería. Pero que tomaras medicación es algo posible, se te ve una mujer bajoneada, nerviosa, a veces, no siempre, pero con haberte visto así en algunas oportunidades les alcanza para plantar su teoría." Martha vino a la mesa con su taza y se sentó frente a mí. "¿Por qué no sería verosímil que tuviera un amante?", pregunté. "Ay, no, Marilé, lo dije como un ejemplo, no lo tomes al pie de la letra. De todos modos no das el tipo, sólo eso, se te ve bien con Mariano, Mariano es un tipo bárbaro, ¿por qué lo habrías de engañar?" "Vos lo engañaste", dije. Martha me miró con un rencor viejo pero vivo que no pudo disimular. A pesar de que toda la tarde había estado simulando cariño, mi frase tocó algún resorte y ya no pudo fingir. Se quedó un rato mirándome así, como si mis palabras le hubieran permitido mostrarse, al fin, tal cual era. O tal cual es. Y luego dijo: "Éramos demasiado jóvenes". Se paró y buscó galletitas en una lata de la alacena, sin pedir permiso, como si la casa fuera suya. Las acomodó en un plato. Ese tiempo le permitió recomponerse. Su cara se relajó otra vez y continuó la charla que veníamos llevando antes de mi interrupción, como si mi referencia a que ella había engañado a Mariano nunca hubiera sido dicha. Y fue por más. "Incluso alguien vino con el cuento de que tenés antecedentes familiares de depresión, que tu mamá no sé qué problema tenía..." "¿Quién sabe algo de mi mamá? ¿Quién la conoció como para decir algo así?" "No sé, no sé... Mirá, uno escucha tanta cosa que ya ni me acuerdo de quién dijo qué. ¿Importa quién?" Fue la primera vez en que coincidía en aquella tarde con algo que decía Martha: ¿importaba quién lo había dicho? "Y en medio de tanta gente opinando, suponiendo, juzgando, ¿no hay nadie que se apiade de mí?", pregunté, "¿nadie pregunta cómo estoy?". "Sí, sí, claro, también, cómo no van a preguntar. Incluso, mirá, me hiciste acordar, varias mamás que sabían que venía a verte te mandaron saludos. ¡Claro que muchas están preocupadas por vos! Pero... bueno, también están preocupadas por cómo vamos a hacer a partir de ahora." "¿Hacer qué? ¿Qué quiere decir eso?" "Que lo que a todos nos resulta extraño es imaginarnos cómo vamos a manejar verlas juntas." "¿A quiénes?" Martha se quedó mirándome con cara de "¿De verdad no te das cuenta de quiénes hablo?", pero no lo dijo y siguió como si yo no lo hubiera preguntado. "En los actos del colegio, en nuestros cafés después de dejar a los chicos en clase." Martha dijo "nuestros cafés" apropiándose de esos encuentros, cuando ella hacía pocas semanas que se había incorporado a los desayunos. "Si la madre de Juan le gritó las cosas que le gritó a Mariano en el entierro, ¿estás preparada para encontrarte con ella en el café, en la puerta del colegio, en un cumpleaños de alguno de los chicos y que te grite a vos?" "Yo sí, yo estoy preparada para que ella me grite, lo entiendo, lo acepto, se le murió un hijo y yo manejaba ese auto. Los tengo presentes todas las horas del día. A ella y a su hijo. Lloro por ellos. Sueño con ellos. Me despierto en medio de la noche con los gritos de Juan de aquella tarde. Sin embargo estoy preparada para encontrarla y que me diga lo que sea necesario. Las que no sé si están preparadas son las demás madres." Martha suspiró: "Y... va a ser muy duro para todas. Muy duro...". La puerta se abrió, Federico y Pedro entraron empujándose y a las risas. "A lo mejor tendrían que tener un encuentro privado antes, vos y ella. No sé, hablalo con Mariano a ver qué le parece, ¿no?", dijo Martha mientras sacaba las tazas y las enjuagaba en mi pileta.

No contesté, no sólo porque no tenía mucho que decir, sino porque en ese momento Federico se me sentó a upa, me rodeó con sus brazos, y ya no no me importó más lo que esa mujer decía. Ni tampoco lo que no decía con palabras pero sobrevolaba el ambiente con una presencia más contundente que la del dinosaurio alado que ella y su hijo habían traído de regalo.

No bien se fueron Federico miró hacia arriba, señaló con su dedo índice hacia el techo y dijo: "Mamá, ¿Juan está en el cielo?".

Y yo le dije que sí, porque hay momentos en que aunque uno no crea ni en el cielo ni en la vida después de la muerte, es mejor mentir.

Le mentí a él y me mentí a mí.

Esa noche esperé que Federico se durmiera y bajé al escritorio de Mariano a hablar con él. Después de cenar solía encerrarse a terminar asuntos de trabajo pendientes —al menos eso decía—, se tomaba una o dos horas y luego subía a acostarse. Antes de que pasara lo que pasó en la barrera yo lo esperaba mirando televisión o leyendo. Pero en aquel momento, con tantos sedantes, no bien me acostaba me quedaba dormida. Y si me despertaba era porque Juan aparecía gritando en medio de mi sueño, incluso a pesar de la medicación. Me propuse que esa noche no pasara lo mismo, no tomé el sedante que me tocaba con la cena, y lo esperé. Dos horas después temí que no llegara, temí que desde el día en que todo fue arrasado por un tren él ya no subiera a nuestro dormitorio, que durmiera en el living —sin que me hubiera dado cuenta aún— y entrara al cuarto a desarmar su lado de la cama unos minutos antes de que el sedante perdiera su efecto y yo despertara. Quise recordar si en alguna de aquellas noches en que me desperté pensando en Juan, Mariano estaba allí a mi lado, pero no pude.

Abrí la puerta con cuidado, bajé las escaleras, avancé unos pasos hacia el escritorio, entré y recién cuando lo nombré, "Mariano", él me miró. "¿Qué pasa?" "¿Podemos hablar?" "¿Ahora?" "Ahora." No pareció contento con mi proposición, pero bajó los papeles y me miró. "Estuvo Martha." "Sí, ya sé." "Me contó algunas cosas que dicen por ahí." Mariano no dijo nada, me sostuvo la mirada un instante y luego volvió a bajar la vista para revisar algo en el papel que tenía delante. Yo insistí: "Me contó lo que pasó en el entierro". Mariano tampoco dijo palabra pero empezó a juntar sus cosas con gestos exagerados, como si quisiera dejar claro que por la interrupción y mi insistencia con esos temas ya no podría trabajar aquella noche. Y yo, en lugar de hacerle caso a lo que me decía con esos gestos, insistí una vez más: "Tengo miedo de que algo de lo que dicen le haga mal a Federico. No quiero que le lleguen esos comentarios cuando vaya la semana que viene al colegio". Nombrar a Federico, tal vez, fue lo que hizo que Mariano saliera de su silencio. "Hay que dejar pasar un poco de tiempo, no creo que Federico empiece a ir al colegio la semana que viene." "Pero él está bien", me quejé, "y tiene ganas. Además debe tener que ensayar para el acto, falta muy poco para el Día de la Bandera y...". Mariano me interrumpió: "Federico no va a ir al acto del Día de la Bandera". No entendí. "¿Por qué no va a ir?" "No va a ir", repitió Mariano, "ya avisé en el colegio". No podía pensar con claridad, sabía que antes de lo de la barrera el hecho de que Federico fuera elegido para ese acto había sido festejado por la familia entera, sabía que era algo que esperábamos todos, sabía que Federico estaba feliz con los ensayos. Por supuesto que tenía presente lo que había pasado pero no entendía cómo eso afectaba la participación de Federico en un acto del colegio. Aún no entendía. "No podemos darle ese disgusto", dije. Mariano me miró un instante, lo hizo con una expresión que le conocía muy bien y le había visto muchas veces antes, pero esta vez contenía una mayor intensidad, y coincidía con la forma en que me había mirado Martha aquella tarde. Entonces no podía ponerle nombre, hoy diría que me miraba como pensando: "A ver si esta mujer entiende de una vez por todas". Esta mujer, o esta tonta, o esta que me tocó en suerte. Recién después de un silencio que se me hizo difícil de soportar dijo: "Peor disgusto sería que las madres se junten y pidan que no lo dejen protagonizar el acto". Me sorprendí, lo que acababa de decir era algo que jamás se me había cruzado por la cabeza. "No serían capaces de hacer una cosa así", dije. "Sí serían capaces", me contestó con una seguridad que no necesitaba más justificaciones que la misma enunciación. Sin embargo, justificó: "De hecho me lo advirtió Susana, la madre de Lucas. Me dijo que todas habían estado conversando y que creían que los chicos se iban a poner mal si tenían que ir uno a uno delante de Federico a decir: 'Sí, prometo'". Me pareció que cuando dijo "Sí, prometo" a Mariano se le quebró la voz, que el labio inferior tembló un instante. Carraspeó, se llevó la mano a la boca y tosió seco, dos o tres veces, como para despejarse la garganta. Luego siguió: "No sé si te acordás de que el hermano de Juan es de la división que promete la bandera". No, no me acordaba. "Me aclaró también que no es nada con él, por supuesto, pero que Federico les iba a recordar la desgracia que sucedió, que el mástil inclinado era como la barrera levantada, que a los chicos la imagen les iba a traer sobre el escenario el recuerdo de lo que pasó. Y que por sobre todo Juan está muerto y hay que respetar a su familia. En fin, eso y algunas cosas más que mejor ni repetir." "¿Como cuáles?" Mariano se detuvo un instante a dedicarme otra vez su mirada de "cómo puede ser que esta mujer no entienda", y aunque luego no respondió la pregunta que había quedado en el aire dijo: "Yo creo que es mejor no agregar problemas, Marilé. Federico no va a ir al acto y punto, es una decisión mía". Me temblaron las piernas. No sabía si podría estar parada allí mucho más tiempo, pero me esforcé por hacerlo. No me importaba el acto, ni que mi hijo lo protagonizara o no, me importaba lo que esa advertencia que había recibido Mariano significaba y significaría en un futuro. "¿No dijiste siempre que es mejor pelear por lo que es justo?", pregunté usando sus propias palabras de unas semanas atrás. "Es que en este caso nadie sabe qué es justo", respondió, "dejemos pasar esta fecha, dejemos pasar un tiempo". "No quiero, a mí no me parece bien, yo creo que no es justo, aunque todas las madres piensen lo contrario. ¿Por qué él? Yo no voy al acto si es necesario, me pierdo verlo a Federico allí, no me importa, que se la agarren conmigo en todo caso, no con él." "Por supuesto que se la van a agarrar con vos. Todos se la van a agarrar con vos. Algunos ya se la agarraron. Y de la peor manera." "¿Qué querés decir?" "No te preocupes, eso ya lo solucioné, al menos en parte." "¿Qué querés decir?", volví a preguntar y sentí que los dientes me dolían de apretarlos esperando su respuesta. Mariano me miró, pero esta vez no con ese gesto que tanto le conocía. Ahora me miraba con una mezcla de desprecio y pena, una mirada que me habría dolido si todo mi dolor no estuviera puesto ya en otro lugar. "¿Qué querés decir, Mariano?", repetí. "Que los padres de Juan amenazaron con denunciarte no sólo civil sino también penalmente, vinieron a verme. ¿Vos sabés qué quiere decir 'penalmente'?" No le contesté, era una pregunta retórica, por supuesto que yo sabía, lo dijo como una ironía, su manera de remarcar que en un sentido más profundo yo no entendía nada de lo que estaba pasando. "¿Entonces?", pregunté en cambio de dar esa respuesta que él no esperaba. "Logré hacer con ellos un arreglo privado", dijo, e inmediatamente se paró y se dirigió hacia la puerta del escritorio como dando por terminada la conversación. Yo no me moví de donde estaba, si Mariano quería salir del escritorio tendría que correrme o pasarme por encima. "No entiendo qué significa eso", dije. Parado frente a mí, a menos de treinta centímetros, ahora sí contestó: "Significa que pagué, Marilé, que pagué para que no vayas presa". Negué con la cabeza, pero no pude decir nada, no comprendía por qué —y más allá de la culpa que sentía— podía llegar a ir presa. "Pagué para que no te demanden, para que no termines encerrada en una cárcel, pero no puedo pagar para que no te miren mal, para que no te hagan el vacío, ni siquiera puedo pagar para que no dejen a nuestro hijo de lado", dijo Mariano y con esa frase dio la charla por terminada, me apartó para poder salir del escritorio, y se fue hacia el dormitorio.

Me quedé ahí un instante, juntando valor, y en cuanto pude lo seguí escaleras arriba. "¿Federico qué tiene que ver?", le pregunté otra vez, subiendo dos escalones más abajo que él y sin detenernos. "Nada, por supuesto que Federico no tiene nada que ver, él también es una víctima. Pero nuestro hijo les recuerda lo que pasó y no lo pueden soportar." "No les recuerda lo que pasó, sino lo que hice", lo corregí para que él también dijera lo que era evidente que pensaba.

Mariano se detuvo, giró hacia mí, me miró otra vez con desprecio pero esta vez sin pena, y desde ese escalón donde se había detenido dijo: "¡Basta, Marilé...!". Y ese "basta" sonó a "no me hagas decir lo que no quiero decir". Luego se puso en marcha otra vez, terminó de subir la escalera y se encerró en el baño.

Escuché correr el agua de la ducha mientras yo seguía congelada allí, en ese escalón donde mi marido acababa de decirme: "¡Basta, Marilé!", porque no se atrevió a decir lo que quería.

Federico no fue al acto del Día de la Bandera. Recién unos días después empezó a ir a clase nuevamente. Iba contento y regresaba de la misma manera. Alguna tarde lo vi más caído. Cada tanto lo descubría mirando al cielo, buscando yo sabía qué. Cuando le preguntaba si estaba bien me decía "Sí, mami, está todo bien". No decía "estoy bien", sino "está todo bien". Y a mí me quedaba claro lo que pasaba —y no me contaba—, porque se le borraba de la cara la alegría, por más que intentara fingir para tranquilizarme.

Con la excusa de que me vendría bien descansar un poco más antes de enfrentarme con la situación de llevar a Federico al colegio, Mariano mismo lo llevaba por las mañanas. Por las tardes contrató una combi que desde hacía tiempo repartía los chicos del colegio Saint Peter casa por casa cuando sus padres no podían buscarlos. Algunos días Mariano me avisaba que Federico llegaría más tarde porque estaba invitado a jugar a la casa de Martha. Tampoco me dejaba ir a buscarlo allí, un recorrido que podía hacer caminando sin ninguna dificultad. "Yo lo traigo", decía, "vos descansá". Pero yo no quería descansar más. Descansar, por el contrario, me agotaba. Quería enfrentarme con aquello que cada vez se me representaba con más temor, con más oscuridad. Tenía la fantasía de que luego de soportar ese primer impacto lograría hacer desaparecer el miedo de a poco.

Estaba siempre sola. Hay momentos, circunstancias, situaciones, errores, desgracias que ayudan a descubrir quiénes son los verdaderos amigos. Y otra vez yo había descubierto que no los tenía. Había madres que me mandaban saludos a través de Mariano o de Martha —las dos personas adultas que más veía esos días—, alguna hasta llamó por teléfono y tuvo conmigo un breve intercambio de "cómo estás", "mejor", "me alegro". Mis suegros hicieron lo que acostumbraban hacer cada vez que aparecía un problema que no podían resolver con dinero: salir de escena, aparecer lo menos posible, protegerse. Así que se fueron de viaje por un tiempo. A Europa, a los pocos días de que Federico empezó a ir al colegio otra vez. Yo ni siquiera los volví a ver después de una o dos visitas en el sanatorio. Dijeron que era un viaje programado hacía mucho tiempo, que era imposible cancelarlo, que tenían acordados encuentros con amigos en distintas ciudades. Como fuera, ellos tampoco estuvieron.

Me habría gustado que mis padres hubieran estado todavía vivos. Ser otra vez esa familia de tres, tan extraña para otros y tan segura para mí a pesar de las dificultades por las que pasamos. Habría dado cualquier cosa por tener una rato más ese lugar donde podía repararme de una tormenta, un sitio donde el viento y la lluvia entraba de todos modos, donde terminaba casi tan empapada como afuera, pero que me daba el consuelo de lo conocido y de lo incondicional. Mi madre y mi padre hicieron siempre apenas lo que pudieron, y lo que pudieron fue muy poco, pero eran incondicionales conmigo. Aunque mi madre permaneciera mucho tiempo encerrada en su cuarto, regodeándose en su tristeza, y mi padre se pasara horas escondido detrás de un libro, escuchando a Piazzolla en el balcón de la casa. Me habría gustado que lo hubieran conocido a Federico, que lo hubieran visto crecer, que me hubieran visto a mí convertida en madre. Poder hablar con ellos de lo que pasó en la barrera, del desprecio que todos me dedicaban. O al menos del desprecio que yo sentía que me dedicaban a partir de lo que me llegaba por Martha, o por Mariano. Existiera ese desprecio o no. Hablar de Federico. Y de ese niño, Juan, que se me aparecía durante las noches y mi hijo buscaba mirando el cielo. Exorcizar mi dolor, el de mi hijo, mi remordimiento por la muerte de Juan. Exorcizar el silencio acerca del hermano que no sólo no conocí, sino de cuya existencia me enteré cuando ellos no estaban. Pero ya nada de todo eso era posible: mis padres estaban muertos. Y yo sola.

Una de aquellas mañanas me sorprendió Mr. John Maplethorpe, el director del colegio, cuando tocó el timbre de mi casa. Primero me asusté, tuve miedo de que le hubiera pasado algo a Federico. "Tranquila, sólo vine a hacerle una visita." Lo hice pasar al living de mi casa, se sentó y me sonrió. Fue apenas ver su sonrisa, la sonrisa de una persona que yo conocía, que sabía lo que había pasado, pero que no era la sonrisa ni de un amigo ni de algún integrante de la familia sino la sonrisa de un extraño conocido, que se me llenaron los ojos de lágrimas. Maplethorpe se dio cuenta, pero los dos lo disimulamos. Mientras pudimos. Traía bajo el brazo una caja de bombones. Se tomó un tiempo en silencio antes de dármela. Y recién después dijo: "El chocolate siempre hace bien", extendiendo la caja hacia mí. Entonces ya no pude fingir y me puse a llorar. Maplethorpe acercó su silla, tomó mi mano y la apretó con fuerza. "Llore, si lo necesita", me dijo y yo obedecí. Lloré un largo rato frente al director del colegio de mi hijo, hasta sacar toda la congoja y recuperar la respiración. Fue una visita corta aunque intensa. No dijo mucho, pero dijo lo justo, lo que yo necesitaba que alguien dijera. Tomó un té conmigo casi en silencio, como si el objetivo de su visita no fuera la palabra sino la compañía, estar allí, dejarme llorar, tomarme la mano, darme consuelo. Y luego agregó: "Vine porque quería verla, saludarla, y sobre todo saber por usted misma cómo está". No respondí, pensé que su frase no requería una respuesta, que como las de tantos otros —y a pesar de que su amabilidad lo diferenciaba de los demás— la suya era también una frase hecha. Y también pensé que luego, aunque yo no le hubiera respondido nada, diría: "Bueno, me alegro de haberla visto bien, cualquier cosa no deje de llamarme". Pero no. Maplethorpe no era alguien de frases hechas y lugares comunes, así que más allá de la simplicidad del enunciado, él genuinamente esperaba una respuesta a su pregunta "cómo está", así que la formuló otra vez de una manera más directa, que no permitía que no fuera respondida: "¿Cómo está usted, Marilé?". Lo miré, di un suspiro largo que no terminaría en llanto sino en reparo, y recién después pude contestar. "Bien, mejor... gracias", dije, aunque los dos sabíamos que mi respuesta era una mentira. Por eso Maplethorpe otra vez tomó mi mano, la apretó y me dedicó otra sonrisa. "Es muy duro...", pude agregar. Y él dijo: "Lo sé, claro que lo sé". Y otra vez sonrió. Maplethorpe es de las personas que sonríen más con los ojos que con la boca. "Algún día va a pasar", me dijo, "no el recuerdo, ni siquiera la pena, eso siempre queda, pero dolerá menos". Y después de otro rato de silencio en el que nunca soltó mi mano, Maplethorpe se levantó para irse, aunque antes de hacerlo se detuvo un instante para decir: "No deje que la juzguen, no acepte el juicio de los otros, algunas comunidades son muy cerradas, muy...", buscó la palabra un instante, "... admonitorias. Ése es el término: admonitorias. Y algo hipócritas también, si me lo permite. Gente que no sabe ponerse en el lugar del otro. Levantan el dedo y juzgan con la certeza de que ellos nunca estarán sentados en su propio banquillo. No los deje. Tiene que ser fuerte". Y entonces Maplethorpe sacudió mi mano a modo de saludo, y repitió otra vez: "Tiene que ser fuerte, Marilé", las mismas palabras que había dicho Martha hacía unos días, pero sinceras y con otra intención. Y al fin se fue.

No bien me quedé sola, fui a mi cuarto y me encerré a llorar. Sin embargo, el llanto era otro, no el que había derramado todos los días anteriores. Las lágrimas que siguieron a la visita de Maplethorpe eran lágrimas de emoción, el efecto que me provocaba saber que alguien de verdad quería saber qué sentía yo, cómo estaba. Y que de alguna manera, aunque él supiera de mi responsabilidad en el asunto, se había podido poner en mi lugar y me entendía. Hasta quizá me perdonaba. Su interés por mí y su perdón eran lo que me hacía llorar lágrimas redondas, calientes, una a una rodando sobre mis mejillas.

Tal vez envalentonada por la fuerza que me había dado la visita de Maplethorpe, o porque había pasado el tiempo suficiente, o porque sí, unas tardes después de aquella charla, cuando Federico estaba en el colegio y yo intentaba dormir la siesta que todos decían me haría tan bien, me levanté de repente, me vestí con prolijidad —hasta con cierto esmero—, y me dispuse a ir a la salida del colegio. No quería que mi aspecto, en el cual desde el incidente de la barrera y dentro de la casa no ponía ningún cuidado, pudiera ser interpretado como dejadez o hasta depresión. Elegí unos zapatos que no eran cómodos, pero sí elegantes, y una pollera que sólo usaba para ir a reuniones, cumpleaños u ocasiones especiales. Esta era una ocasión especial, tal vez. Fui al colegio Saint Peter caminando, sin avisarle a nadie, sin un plan pensado de antemano, sólo movida por el impulso de que debía ir, de que había llegado el día. Lo que quería era ver salir a mi hijo, apenas eso, verlo reír entre sus compañeros, saber que él sí podía seguir llevando una vida parecida a la que tenía antes de la tarde en que pensábamos ir al cine a festejar su premio y terminamos viendo cómo un tren arrasaba mi auto con su amigo dentro. No me preocupaba que alguna madre me mirara mal, o me quitara el saludo, incluso tampoco me preocupaba si se acercaba alguien a escupirme en la cara esas cosas que me había contado Martha que decían a la salida del colegio o en los cafés. Sólo quería verlo, a él, a Federico. Verlo allí, en su mundo, con esa gente. No tenía claro si iría a buscarlo hasta donde estuviera él o apenas lo miraría desde la vereda de enfrente, escondida detrás de algún árbol o de un auto. Sólo mirarlo, eso quería.

Me costó trabajo hacer el camino que me separaba del colegio. Los zapatos no eran los adecuados, me faltaba el aire y las piernas se me cansaron no bien hice las primeras cuadras. Desde el día en que había sucedido lo de la barrera que no me movía más que para ir de un cuarto a otro dentro de la casa. Llegué agitada, justo cuando los chicos estaban saliendo. Me preocupé, temí que Federico ya hubiera salido, me esforcé por descubrirlo entre tantos alumnos, pero no lo hallaba. Hasta que empecé a reconocer a sus compañeros, iban en fila india siguiendo a una mujer —la madre de Ignacio, me di cuenta al rato, una de las madres que solía tomar café conmigo después de dejar a los chicos en el colegio por la mañana—. Busqué a mi hijo entre ellos pero no lo vi. Los chicos, ayudados por la madre que los guiaba y dos maestras, iban subiendo a una combi decorada con globos de cumpleaños. Recién cuando todos estaban dentro y la combi arrancó, salió Federico de la mano de Martha seguida por sus propios hijos. Ya casi no quedaba gente en la puerta del colegio, ni madres, ni alumnos, ni maestros. Me acerqué. "¿Qué hacés con mi hijo?", le dije a Martha. "Lo llevaba a casa. ¿No te dijo Mariano que algunas tardes viene a jugar?" "Sí, pero hoy no me dijo nada." "Porque surgió a último momento, lo llamé hace un rato y lo combinamos. Seguramente te está llamando a tu casa para avisarte." "Lo sacaste del cumpleaños de un compañero...", me quejé. Martha me miró, hizo un gesto de cierta complicidad que no terminé de entender, y luego se acercó a mi oído y susurró: "No lo saqué, Federico no estaba invitado, Marilé, Pedro sí, pero preferí que se quedara con él". "Iban todos sus compañeros..." "Sí, pero Federico no, una barbaridad. Hice todo lo posible cuando me enteré, hablé con la madre de Ignacio, la maestra también la llamó según me dijeron, pero no hubo caso. Es muy amiga de la mamá de Juan, la invitó a ella y a su otro chico que es compañero de un hermano del cumpleañero. También hay que entenderla, iba a ser difícil, no es un tema con Federico..." "Ya sé que no es un tema con Federico. Es un tema conmigo, ¿entonces por qué se lo hacen pagar a él?" "No es un tema con nadie, es con la situación, con esta tragedia que nos afectó a todos. La gente sólo trata de evitar que se produzcan hechos incómodos mientras están soplando las velitas, ésa es su preocupación, ya se les va a pasar", dijo, y agregó con un tono algo más duro: "O no, ya veremos". Y luego lo suavizó para decir: "¿Quieren venir a casa?", como si el asunto sobre el que hablábamos pudiera darse por cerrado para que todos marcháramos felices a tomar la merienda. "No", dije, "no queremos ir a tu casa". Y ante la mirada perpleja de Martha, me llevé a mi hijo, que se mantuvo todo el tiempo quieto a mi lado, agarrándome de la mano, casi tirando de ella.

Caminamos un rato en silencio. Federico miraba sus zapatos, como si midiera los pasos que daba, como si eligiera exactamente dónde apoyaría cada pie al avanzar, como si calculara la distancia. Deseaba levantarlo a upa, acariciarlo, abrazarlo, que él llorara sobre mi hombro y yo estuviera allí, para consolarlo, para protegerlo de ese daño inmerecido que le hacían soportar. Pero no lo hice, no quería que además del desprecio de los demás Federico tuviera que cargar con mi propia angustia. Traté de caminar dando los mismos pasos que él, imitándolo, dejando que mi hijo me guiara a mí, y no al contrario. Tanto en el juego como en la vida.

Cuando ya nos habíamos alejado dos o tres cuadras del colegio, Federico tiró de mi brazo y dijo:

"Ma...". Lo miré, traté de sonreírle de una manera segura, evitando transmitirle alguno de los pensamientos con los que yo me venía torturando desde que lo vi tomado de la mano de Martha, frente a la combi que partía hacia un cumpleaños al que no había sido invitado.

"¿Qué cosa, precioso?", le pregunté.

"No te preocupes, ma, igual yo no quería ir."

En cuanto se despertara, le pediría a Mariano que nos mudáramos. Que nos fuéramos. Los tres, lejos. No pude dormir en toda la noche y había transitado mi insomnio pensando cómo hacer para evitarle ese dolor a mi hijo. Un dolor que él no me mostraba, que incluso tal vez hasta no se permitía sentir por protegerme a mí. Pero un dolor que no podía dejar de estar dentro de él aunque lo hubiera convertido en otra cosa. ¿Cuánto daño puede ocasionar un dolor que existe pero que no tenemos permitido no sólo mostrar sino sentir? Todo el daño. Un dolor silencioso, clandestino, que lastima más que el que puede llorarse abiertamente.

Por eso, después de la noche entera sin pegar un ojo en la que evalué todas las alternativas que hasta allí me parecían posibles, concluí que nada cambiaría en el corto plazo, ni siquiera aunque tuviéramos paciencia y esperáramos un tiempo más como decía Mariano. "Ya se les va a pasar... O no...", había dicho Martha a la salida del colegio. Y yo no estaba dispuesta a permitir que cada día mi hijo recibiera una nueva herida. La gente que nos rodeaba no iba a cambiar. El prejuicio, la hipocresía, la necesidad de castigarlo para castigarme, seguirían metidos en nuestras vidas. Pero los que sí podíamos cambiar éramos nosotros, empezar de nuevo, en una casa distinta —aunque también tuviera un rosal trepador si Mariano lo consideraba imprescindible—. Una casa situada en la ciudad, provincia o país que fuera, pero en un lugar en el que no conocieran nuestra historia, donde ningún niño que asistiera al mismo colegio que Federico —ni sus padres— tuviera que decidir si estaba de nuestro lado o del de la familia de Juan. No entendía por qué se había planteado esa disyuntiva sin sentido. ¿Elegir qué? ¿Elegir por qué? ¿No podíamos estar todos del mismo lado, del lado de las víctimas, del drama, de la fatalidad? No, no podíamos. Al menos yo no, a mí no me era permitido. Y eso arrastraba a mi hijo conmigo.

Era sábado, así que esperé con paciencia a que Mariano se despertara antes de salir del cuarto. Estaba ansiosa, no podía soportar la idea de ir a desayunar a la cocina y que mientras tanto él saliera de la casa sin saludarme y, por lo tanto, sin darme la oportunidad de plantearle esta solución que se me había ocurrido. Sabía que no iba a ser fácil, que en un primer momento no le iba a caer bien la propuesta. Pero sin embargo confiaba en que, si me daba la posibilidad de explicárselo, Mariano terminaría entendiendo que ésa era la mejor opción. Se lo planteé no bien amagó con levantarse de la cama. "Vos estás loca...", fue lo primero que dijo. "Eso sería reconocer que tienen razón, Marilé, que nuestro hijo merece ser dejado de lado." Mariano me miraba y negaba con la cabeza. "Vos estás loca", volvió a decir, y luego saltó de la cama. Se vistió con apuro, yo estaba segura de que no lo hacía porque tuviera algo urgente sino porque quería salir de ese cuarto cuanto antes. No lo dijo pero se le notaba en el cuerpo, en esa agitación de quien carga con algo que no puede tolerar. Se puso la billetera en el bolsillo, agarró una campera liviana y fue hacia la puerta. Antes de salir dijo: "No, Marilé, yo no voy a aceptar eso". Casi había salido del cuarto cuando le grité con una voz contundente que ni yo misma reconocía: "¿Y sí vas a aceptar que Federico sea el único chico al que no invitan a un cumpleaños?". Mariano se detuvo extrañado; seguramente por ese tono que no reconocía en mí, no por lo que le decía. Entró otra vez al cuarto y más que preguntarme me advirtió: "¿Querés que el chico te escuche?". Luego cerró la puerta detrás de sí y dijo: "El tiempo lo va a cambiar. No va a ser así toda la vida". "Pero un tiempo largo", repliqué, "un tiempo que puede dejar muy lastimado a Federico". "Va a tener que crecer, Marilé, va a tener que hacerse fuerte." "¿Por qué? Es injusto." "Porque se murió un compañero, porque su familia está destrozada... y porque vos, que sos su madre, tenés responsabilidad sobre ese hecho. Es lo que le tocó en suerte. Lo va a superar, yo confío en él."

Lo dijo. Por fin él también, mi marido, dijo lo que todos decían: que yo era culpable. Aunque hubiera tenido el cuidado de decir "responsabilidad" y no "culpa". Me temblaba el cuerpo, quería decir muchas cosas pero apenas las pensaba, apenas armaba la frase en mi cabeza, se desvanecían. Sólo pude decir: "No me lo van a perdonar nunca, ¿no?". "No lo sé", respondió Mariano, "no sé cómo van a ser con vos, pero lo de Federico se les va a pasar, eso te lo puedo asegurar". Nos quedamos unos minutos mirándonos en silencio, como si estuviéramos terminando de procesar no tanto lo que cada uno dijo, sino lo que cada uno calló. Cuando me sentí preparada le pregunté: "¿Y cómo sigo yo mi vida en un lugar tan hostil?". Mariano suspiró, movió las manos en el aire buscando las palabras y luego dijo: "Tendrás que crecer vos también". Con el llanto contenido en la mandíbula, insistí: "Quiero que nos mudemos, Mariano, que empecemos una vida en otro lado, dame esa oportunidad". Y cuando dije: "Dame esa oportunidad", ya no pude soportar más y me rodaron unas lágrimas por la cara, no hubo suspiros, no hubo congoja, sólo lágrimas. Mariano me miró, esta vez sin ironía, más bien con una pena genuina, tal vez hasta con lástima. "Marilé, yo trabajo acá, soy el dueño de una clínica que está instalada en este lugar desde antes de que vos y yo naciéramos, una clínica que creció gracias al esfuerzo de mi padre primero y luego del mío. ¿Sabés todo lo que dejó mi familia para que la clínica sea lo que es hoy? ¿Vos de verdad creés que yo puedo tirar todo por la borda y empezar en otro lado de cero, como si no viniera de ninguna parte, como si no tuviera nada? Vos no me podés pedir eso." "No es por mí, es por Federico." "No, no es por Federico, no te engañes. Es por vos, Marilé. Federico puede, Federico está preparado, es fuerte, yo le voy a enseñar cómo ser más fuerte todavía. Sos vos la que no podés, no podrías, no importa la voluntad que le pongas." Su frase sonó como una condena. No importaba lo que hiciera, no importaba cuánto me esforzara, yo no podría. No sé de dónde saqué valor para seguir insistiendo: "Por no tirar por la borda la clínica, vas a tirar por la borda una familia, Mariano". "¿Qué familia, Marilé?" No me atreví a responder: "La nuestra"; él sabía que me refería a nosotros tres. No respondí porque entendí perfectamente lo que Mariano me quería decir con esa pregunta: "¿Qué familia?", que ya no había "nosotros tres". Sentí un mareo, no tenía totalmente en claro qué implicaba que ya no existiéramos como un equipo, que no hubiera más un sustantivo colectivo que nos uniera al nombrarnos. No más "familia". A partir de ahora seríamos Mariano y Federico, o Federico y yo. "Y entonces, ¿qué hacemos?", me atreví a preguntar. "Vos no sé, Federico y yo seguiremos haciendo lo mismo que hicimos hasta ahora, nos lastime o no nos lastime, pero lo mismo." Sentí por primera vez algo que estaba por encima de mi dolor, algo que me pesaba en el pecho y que me hacía enojar tanto que el dolor cedía. ¿Odio? No lo sé, prefiero no ponerle nombre. ¿Cómo Mariano se mostraba dispuesto a separarme de ese núcleo que formábamos los tres, cómo se atrevía a dejarme fuera de sus vidas? Yo no podía permitirlo. Le grité: "¡Entonces Federico y yo nos vamos!", y le sostuve la mirada. Mariano negó con la cabeza, con la calma de quien tiene todo resuelto y luego dijo: "Ni yo ni Federico nos movemos de acá. No nos vas a quitar lo que tenemos. La clínica de mi padre algún día será mía, y otro día será de Federico. Representa el esfuerzo familiar. No nos vas a dejar sin lo nuestro". "Es un chico de seis años, ¿de qué clínica me hablás?, hay que cuidarlo a él hoy, no cuando tenga que heredarte. La clínica siempre va a ser de ustedes, no importa dónde vivamos." Mariano se acercó con furia, por un momento creí que me daría una cachetada. Movió la mano varias veces en el aire, contenida, como si estuviera decidiendo si lo hacía o no. Luego la apretó en un puño y por fin dijo: "¿Vos lo vas a cuidar yéndote sola con él? ¿Sacándolo de su colegio? ¿Alejándolo de sus abuelos, de su familia, de sus amigos? Decime, Marilé, ¿de qué van a vivir?". Mariano me miraba después de sus preguntas con los dientes apretados, con los ojos furiosos; llevó las manos a su cara, luego se la frotó varias veces con lentitud hasta dejar las palmas quietas sobre la boca, como si dudara de si seguir hablando o no. Pero finalmente su enojo conmigo pudo más que su prudencia y lo hizo: "¿Sabés cuánto tiempo me llevaría que un juez te quite la tenencia y me devuelva a Federico? Mataste a un chico con tu imprudencia, ¿nunca lo vas a terminar de entender? Te aseguro que un juez que tenga que decidir con quién vive Federico sí lo va a entender, y si no, yo voy a hacer que lo entienda". Sentí esa cachetada que Mariano no me dio. "Federico y yo nos quedamos, vos hacé lo que quieras, o lo que puedas." Abrió la puerta para salir otra vez, yo lo detuve con la mano en el marco de la puerta. "¿Me estás pidiendo que me vaya?", pregunté. Mariano permaneció en silencio. "Me estás pidiendo que me vaya", repetí, pero esta vez no como una pregunta sino como una afirmación. Mariano corrió mi brazo pero no salió aún. "No, te estoy diciendo que Federico y yo somos lo suficientemente fuertes para soportar esto el tiempo que haga falta. Si vos también sos fuerte, quedate, si no, vos verás." "Soy la madre", dije en un último intento por reclamar un lugar que me pertenecía. "Hay muchos tipos de madres. Algunas, cuando toman conciencia de que le pueden arruinar la vida a sus hijos, buscan la forma de evitarlo."

Y entonces sí, después de decir eso, se fue.

No entendí todas las cosas que Mariano me había dicho aquel día, pero las recordaría siempre como un texto que se aprende de memoria. O *by heart*, como dicen los ingleses. Y yo creo que dicen bien porque sus palabras me quedaron marcadas en el corazón, talladas como estampas. Hoy las recuerdo y aún creo que no las termino de entender en su totalidad, sus frases iban y venían dentro de mi cabeza, literalmente, palabra por palabra, pero su significado aparecía y desaparecía como la luz de una bombita que hace falso contacto. Debe haber sido un modo de protegerme a mí misma: si yo las aprehendía y comprendía su significado cabal, creo que me hubiera muerto ahí mismo. Parecía más prudente no terminar de atraparlas del todo. Era cierto que lejos de allí Federico tendría una vida distinta de la que soñamos para él. Pero si nos quedábamos, los que consideraban que yo debía pagar por lo que hice le cobrarían la deuda a mi hijo y Federico tampoco tendría una vida como la que se merecía.

Estaba atrapada en un juego donde sabía que de una manera o de otra, por el camino que eligiera, siempre perdería.

Salí a caminar, no sabía adónde iba ni dónde estaba hasta que me encontré sobre el puente que atravesaba la estación del ferrocarril de Turdera, a unas veinte cuadras de mi casa. La bocina del tren me dejó paralizada. Era otro tren, otra bocina, y yo no estaba dentro de un auto esperando que se levantara la barrera mientras en el asiento de atrás dos niños cantaban "Incy Wincy araña". Pero el tiempo que duró la entrada del tren a la estación, que unos pasajeros suban y otros bajen, y luego la partida, me mantuvo la sangre helada. No pude seguir pensando hasta que el tren se alejó lo suficiente y ya no lo vi ni lo oí más. Mientras tanto permanecí inmóvil, acodada sobre el puente, mirando el andén vacío. Con las frases de Mariano dando vueltas en mi cabeza, sin anclaje. Hasta que por fin, vaya a saber por qué, su voz se detuvo y pude descifrar, al menos como concepto, lo que él me había estado diciendo esa mañana: Federico sólo podía volver a tener el respeto y el cariño que siempre tuvo si yo desaparecía de su vida. Yo era la causante del daño que recibía, no los demás. Los demás sólo lo señalaban. Se confirmaba aquello a lo que siempre supe que estaba condenada: no podía ser una buena madre, no estaba programada para eso, no sabía cómo serlo, había venido fallada. Yo crucé la barrera, yo conducía un auto que se detuvo y no arrancó más, yo fui la responsable de la muerte de Juan, yo era la despreciada por todo el pueblo. Sólo yo. Pero ese desprecio se desbordaba de mí, derramaba, corría como un río y llegaba hasta él, hasta Federico. Mi hijo, quien a diferencia de todos los demás sí seguía de mi lado, él, que me protegía, que me seguía diciendo "Ma" y me mentía como podía para que yo no sufriera más de lo que ya sufría. No se le puede pedir tanto a un niño de seis años. Federico no podía cargar conmigo, no debía cargar conmigo. Si yo no estuviera, si yo me hubiera matado con Juan aquel día, por ejemplo, nadie tendría nada que derramar en Federico más que pena y consuelo. En ese caso el dolor de mi hijo habría sido por mi muerte, antes que por ninguna otra cosa, y habría tenido la ventaja de no ser un dolor clandestino. Si así hubiera sido, Federico podría haber mostrado ese dolor, podría haber llorado todo lo que hubiera querido y luego, poco a poco, transformar la pena hasta que su madre muerta no fuera más que un recuerdo, triste pero lejano, una nostalgia que aparece cada tanto, una tumba donde dejar flores en los aniversarios, una foto olvidada en algún portarretratos de la casa que compartimos.

Pero yo no había muerto con Juan aquel día. Yo estaba allí. Aún. Estaba en un puente a unas cuadras de nuestra casa viendo cómo los trenes iban y venían sin matar a nadie. ¿Cómo desaparecer entonces para devolverle su vida a mi hijo? Lo primero en lo que pensé fue en el suicidio. Lo podría haber hecho ahí mismo. Tirarme yo debajo de un tren. Pero el suicidio es una muerte de un tipo muy particular, una muerte que causa otros efectos en los que quedan. Una muerte dedicada —aunque en rigor no lo sea—, que los hace sentirse responsables por estar cerca, responsables por no haberse dado cuenta de lo que estaba por suceder, por no haberlo evitado. Sabía que Federico, con sus seis años, se haría cargo de mi suicidio. Por eso descarté quitarme la vida, por él. Temblaba. Pero si no me mataba, ¿entonces qué? Empecé a desandar las cuadras del camino que me había hecho llegar hasta allí. Temblaba, caminaba y pensaba, no sé qué acción primaba sobre las otras. Los pensamientos giraban dentro de mi cabeza a una velocidad que no me era habitual. Pensaba con imágenes: la cara de Federico, la de Mariano, el rosal de mi casa, mi auto destruido, el tren, el colegio, Juan pateando dentro del coche, la clínica, Federico buscando a Juan en el cielo, la tumba de un niño, mi cara, el tren. Pasaba de una imagen a otra, y luego volvía a repetir el recorrido con el mismo orden, o con cualquier otro.

Hasta que en alguna de aquellas esquinas me di cuenta de que el suicidio no me resultaba impropio sólo por el daño que le haría a Federico sino por razones que tenían más que ver conmigo. Antes, sobre el puente de Turdera, una vez aceptado que jamás dejaríamos ese lugar y esa gente, el suicidio fue una alternativa. Para liberar así a mi hijo de su madre, de lo que su madre significaba para todos quienes lo rodeaban, incluso su padre. Yo tendría por fin una muerte que muchos creían que merecía. Allí, en el puente, acaricié la idea, la deseé. Y fue ese deseo el que me dio la clave para ver lo inapropiado de esa acción. Lo deseaba. Suicidarme podría liberarlo a él, pero también me liberaba a mí. Mi dolor tendría así un final, cesaría. Sólo el mío. Cesaría el día que yo apretara un gatillo, que me llenara la boca de pastillas, que metiera la cabeza en el horno con la perilla del gas abierta. O que me tirara debajo de un tren. Ese día, por fin, yo también sería libre. No más dolor. Un final moral de una novela pasada de moda: ella recibe el castigo que se merece y lo recibe porque toma conciencia de la gravedad de sus actos; paga lo que hizo con el mismo daño que ocasionó, la muerte. La ley del Talión que redime.

No era este caso. La ley del Talión no servía. No estaría en igualdad de condiciones con el daño que provoqué ni siquiera si me ponían sobre una vía para que un tren pasara por encima de mí. Eso no alcanzaba. Eso no sería justo. Porque yo mitigaría así mi dolor pero Federico seguiría teniendo el suyo, aunque cambiara, aunque fuera otro. Entonces, si poner fin a mi vida no era suficiente, ¿qué otra cosa me quedaba para hacer por mi hijo? ¿Cómo liberarlo del daño que yo le había causado? ¿Cómo desaparecer para siempre sin matarme? ¿Cuál es la última frontera que puede traspasar una madre, hasta dónde puede llegar creyendo que le hace un bien a su hijo? ¿Qué es eso que nunca creyó posible hacer pero que acepta como algo del orden natural, como ley de la vida, apenas aquello que se debe hacer? Si ese límite no es la muerte, ¿cuál, entonces? Irse, dejarlo, abandonarlo y nunca más saber de él. Ésa es la verdadera muerte, el dolor que no desaparece nunca o incluso se agranda y toma dimensiones impensables, inabarcables. Imaginar al hijo crecer, que su pelo se oscurezca, que su voz se ponga grave, que le cambie la cara de niño a hombre, y no estar ahí. Ser consciente de que eso sucede, irremediablemente, y no poder ser testigo. No saber qué estudia, qué carrera elige, de quién se enamora, a quién escoge para que lo acompañe en la vida, con quién tiene hijos, saber si decide ser padre o lo es con la naturalidad con que llega la primavera después del otoño, no conocer esos hijos que ya no son sus nietos. Mis nietos. Saberlo caminar, dormir, llorar, reír, soñar, padecer, disfrutar, y nunca estar allí.

No estar, ése sí que podía ser el dolor que me merecía. Seguir viviendo pero sin él. Mucho peor que el suicidio, indudablemente peor. Un dolor sin fin, un dolor para siempre. El dolor de nunca volver a acariciarlo. Me puse a llorar una vez más, desconsoladamente, como no había llorado desde el incidente de la barrera hasta entonces, desolada, con la necesidad de salir de mi cuerpo y dejarlo vacío. Quería separarme en dos, la que fui y la que sería a partir de ese momento. Ni la muerte de Juan ni lo que estaba padeciendo mi hijo ni la culpa por mi responsabilidad en lo que sucedió me habían producido tanto dolor como la idea de irme y no verlo nunca más. Seguir viviendo, escindida, separada, partida. En medio de esa profunda conmoción supe con claridad que aquello era lo que tenía que hacer: no estar nunca más, no saber más de Federico, provocarle así el dolor del abandono —un dolor reparable, un daño colateral, el menor daño que pude elegir para él en ese entonces— y no ese dolor clandestino que lo acompañaba y que lo seguiría acompañando. Mi abandono dejaría cicatrices. Pero una vez cerradas, y aunque esas cicatrices hubieran quedado estampadas en su cuerpo como cordones, mi hijo podría encontrar un camino, un amor, una familia. Todo lo que yo no volvería a tener nunca más. Porque, al contrario que con el suicidio, yo seguiría muerta en vida.

Irse y seguir viviendo, ningún castigo podía ser peor.

Volví a la casa. Mariano y Federico no estaban, debían haber ido al club, o habrían ido a visitar a algún amigo. O a Martha. Era mejor, si hubieran estado tal vez no habría podido. Su presencia habría cambiado todo, tendría que haber esperado un momento más oportuno y la dilación en una decisión como ésa habría permitido que aparecieran dudas. Y yo necesita actuar sin dudar. No estaban, entonces lo hice. Junté unas pocas cosas en una valija chica. Puse en la cartera el pasaporte, las tarjetas de crédito, unos dos mil dólares que Mariano guardaba en un cofre dentro del placard y que me permitirían dar los primeros pasos para mi huida.

Agarré las tres fotos de Federico que aún hoy llevo conmigo.

Y me fui.

Llegué a Ezeiza sin saber adónde iría. No tenía importancia, sólo que fuera lejos, y que el avión saliera pronto. Encontré un vuelo que partía en una hora a Miami, todavía quedaban lugares disponibles. Tenía vigente la visa para entrar a Estados Unidos, la habíamos sacado después de casarnos pero antes de que naciera Federico. Mariano tenía que ir a una convención por trabajo cerca de San Francisco, pocos días, menos de una semana, y yo lo acompañé. Nunca más la usé. Me pregunto si esa visa, que sólo utilicé tres días, no habría sido sacada —en un entramado del destino que sólo podemos ver cuando se ejecuta— para que el día de mi huida pudiera tomar ese avión y no otro, ir a ese país y no a otro, sentarme tres filas de asientos detrás de Robert, y no en otro lugar.

Seguía en estado de shock. La que hacía los trámites era esa parte de mí en la que me había convertido ahora, la que sólo me dejaba dar los pasos necesarios para sacar el pasaje, hacer el *check in*, subirme al avión, y alejarme cuanto antes de mi hijo. Sin pensar, sin llorar. Sin ejecutar ninguna otra acción más que la necesaria para abordar un avión, cualquier avión, e irme de allí antes de que pudiera arrepentirme.

En la cola para despachar las valijas me di cuenta de que me había equivocado al elegir el destino. Eché una rápida mirada y me encontré con dos o tres caras conocidas. No sabía quiénes eran, o no lo recordaba, pero eran caras que me sonaban, que ya había visto antes, en el barrio o en el colegio. Me puse los anteojos negros, agaché la cabeza y dejé la mirada clavada en mi valija. Aunque yo no supiera quiénes eran, ellos seguramente sabrían quién era yo: la mujer que mató a un chico porque decidió atravesar las vías del tren con la barrera baja, una mujer que pasaba inadvertida pero se hizo tristemente célebre después de aquel incidente. Una porquería de mujer, como me dijo la cajera de una farmacia de Temperley pocos días antes de que me pusiera a escribir este texto. Una mujer dañada, como me enseñó a decir Robert con los años. Ya no era momento de cambiar el destino, pero en cuanto llegara a Miami buscaría un vuelo barato, a cualquier otra ciudad de los Estados Unidos, si fuera posible a una que no supiera dónde quedaba, allí donde fuera más difícil encontrarme con alguien que me conociera. Una ciudad que por azar terminó siendo Boston.

A Robert lo conocí en el avión, tuvo que cambiar de asiento y esa suerte pequeña cambió mi destino. Tal vez, si no lo hubiera conocido, me habría dejado morir apenas hubiera llegado a Miami o a esa ciudad donde decidí irme —aunque no supiera su nombre—, sin suicidio, apenas permitiendo que la vida se fuera, de a poco, como el hilo de humo de un cigarrillo que se consume y se convierte en ceniza, sin hacer nada para evitarlo. Pero ahí, en ese avión, estaba Robert, tres filas delante de la mía, en el asiento sobre el pasillo de la fila que tiene más espacio porque coincide con la puerta de emergencia. Una mujer a la que le correspondía el asiento junto al mío y que viajaba con su hijo se quejaba de que les habían dado lugares separados. Le pidió a la azafata que la cambiara de sitio, pero ella le dijo que esperara, que tuviera paciencia, que no era posible hacerlo hasta que no subieran todos los pasajeros. La mujer no tuvo la paciencia que le pidieron y lo intentó directamente con quien tenía el asiento junto a su hijo, pero el hombre le contestó que no, que el sólo viajaba del lado del pasillo, y que no podía aceptar un asiento interno. No sé por qué no me pidió a mí que le cambiara el lugar. Tal vez no quería perder la ventanilla que le tocaba a su hijo. Tal vez mi cara, a esa altura del día, intimidaba. O tal vez lo hizo y no la escuché. Yo tenía la vista clavada en el respaldo del asiento frente a mí, y sólo veía lo que pasaba con el rabillo del ojo, como esos caballos a los que les ponen anteojeras para que evitar que miren hacia los costados y se asusten. Pero a pesar de no observar ni prestar demasiada atención, podía darme cuenta de lo que sucedía. La mujer iba de un lado a otro entorpeciendo el paso de quienes aún estaban abordando. La azafata le pidió varias veces que se sentara y esperara, pero la mujer se corría unos metros y volvía al medio del pasillo. Hasta que Robert —que medía casi dos metros y seguramente había reservado con debida anticipación ese asiento más cómodo que cualquier otro en la clase turista— le cedió su lugar al pasajero que viajaba junto al niño y se avino a sentarse en un asiento interno, mucho menos confortable, junto a mí.

Tuve que levantarme para que pudiera pasar. Me pidió disculpas en inglés y en castellano. Metió como pudo su largo cuerpo en ese espacio diminuto que ahora era su lugar en el avión. Robert dejó en esa maniobra el olor a un perfume que yo conocía de alguna parte, un perfume que nunca había usado Mariano, más dulce pero menos intenso que aquellos que elegía quien había sido mi marido hasta aquel día, hasta aquella mañana, hasta apenas unas horas antes. Busqué entre mis recuerdos ese aroma y no lo encontré. La sensación que me produjo podría haber sido la evocación de un perfume que usaba mi padre, si no fuera que mi padre no usaba perfumes. Tal vez fuera una loción para después de afeitarse. Hoy intuyo que era el perfume que usaba Maplethorpe; no estoy segura, pero lo que sí sé es que era un aroma que en medio de ese estado en el que me encontraba me hizo sentir confianza. En ese momento de mi vida en que ninguna otra sensación auditiva, visual o táctil podía llegar a mí, el perfume de Robert lograba traspasar la coraza que yo me había puesto para decirme que ese hombre que se había sentado junto a mí usaba el mismo que alguien en quien yo confiaba. El avión levantó vuelo y aunque yo no llegaba a mirar por ninguna ventanilla, sabía que no volvería a ver lo que quedaba ahí abajo por mucho tiempo. Tal vez no lo volvería a ver nunca, pensé —y me equivoqué, porque aquí estoy—.

En aquel vuelo Robert no me vio llorar sino temblar. Todo mi cuerpo tembló el viaje entero, desde que despegamos hasta que aterrizamos. Por momentos el temblor era un movimiento leve, casi imperceptible. Por momentos era una sacudida violenta. El pasajero que viajaba delante de mí se dio vuelta para quejarse de que había pateado su asiento. Robert me miró y me guiñó un ojo de manera cómplice, como poniéndose de mi lado y no del hombre al que le fastidiaban mis movimientos. Durante la cena ni siquiera bajé la bandeja rebatible y rechacé cualquier ofrecimiento de la azafata con un gesto lacónico pero que no daba lugar a dudas. "A lo mejor le viene bien aceptar una copa de vino" —*a little bit of wine*—, me dijo Robert con tono calmo, en un inglés más parecido al que utiliza alguien nacido en Gran Bretaña que en los Estados Unidos. Le sonreí, no sé de dónde saqué fuerzas para sonreírle, era un hombre cálido, confiable, alguien que resignaba su comodidad a cambio de que una mujer desconocida pudiera viajar sentada junto a su hijo. Y que usaba un perfume que de alguna manera logró atravesar ese muro que había levantado a mi alrededor para que ninguna otra cosa —sentimiento, sensación, pensamiento— pasara y llegara hasta mí a producirme dolor, tristeza, amor, desolación, o lo que fuera. Un perfume y lo que evocaba —aunque yo no lograra entonces unirlo con una persona determinada— pudo. Sonreí pero no contesté. "¿Le da miedo volar?", preguntó también en su idioma. "No", respondí. Sin más explicaciones, sólo dije no, y seguí temblando. "*If you need something, just tell me*", dijo, y no me habló más durante el resto del vuelo.

Pero tuvo que hablarme al aterrizar para pedirme que me levantara. Ya habían salido casi todos los pasajeros del avión y yo seguía allí sentada, sin poder moverme. Él esperó, con paciencia, hasta que debió haber concluido que si no me pedía que me levantara quedaríamos sentados en ese avión eternamente. Me paré, tomé mi cartera y avancé hacia la puerta, sin saludarlo, sin sonreírle. Él salió detrás de mí. Y a poco de andar, ya fuera de la manga, avanzando por uno de esos pasillos que pueden conducir a cualquier parte, me desplomé. No sé exactamente qué pasó después, pero desperté en una sala algo parecida a una enfermería. Robert estaba parado junto al médico que me atendía. Dijo que me había bajado la presión, que no era nada, que estaba todo bien. El médico asintió, como si Robert hubiera repetido textualmente para mí algo que él le había dicho antes, cuando yo seguía inconsciente. Pero luego otros de los que rodeaban la camilla donde me habían ubicado, seguramente empleados de migraciones o algo así, empezaron a hacer preguntas, muchas de las cuales no pude contestar. La más importante, dónde me hospedaría. A la tercera vez que hicieron la pregunta sin que yo respondiera, Robert lo hizo por mí: "Se quedará en mi casa, en Boston, es una invitada mía". Luego le hicieron varias preguntas a él en un inglés cerrado y rápido que no entendí. En cambio sí entendí algunas de sus respuestas: su nombre, Robert Lohan, que era director de un colegio, que no tenía familia, y que vivía en Boston. Tomaron nuestros pasaportes, se fueron con ellos. Volvieron después de un largo rato. Intercambiaron con Robert frases acerca de algo que no comprendí pero en las que cada tanto me parecía escuchar la palabra Vietnam; fue el único momento del extenso interrogatorio en que sentí cierta tensión en la voz de Robert. Finalmente nos dejaron ir. Avanzamos en silencio por uno de esos interminables pasillos de aeropuerto. Y recién cuando estábamos lo suficientemente alejados del lugar donde fuimos interrogados, Robert me hizo sentar un instante y luego él se sentó a mi lado. Me habló esta vez en castellano, un castellano trabado y vacilante que no encontraba algunas palabras y pronunciaba mal casi todas las que encontraba con esfuerzo. Sentí que intentar hablar en mi idioma era para él una forma de demostrar que quería ayudarme: "No sé quién es usted, no sé por qué tiembla de ese modo, pero si no tiene dónde ir, puede venir a mi casa. Vivo en Boston y tengo un cuarto que alquilo a estudiantes que están de paso por la ciudad. Ahora está vacío, puede usarlo hasta que deje de temblar y sepa adónde quiere ir". "No sé dónde quiero ir", dije. "Me doy cuenta, por eso le ofrezco que venga a mi casa y se tome un tiempo para pensarlo." Me sonrió. Le sonreí. Qué otra cosa podía hacer.

Así fue como me dejé llevar por él. A esa altura del día Robert ya había perdido su conexión a Boston, entonces fuimos a sacar mi pasaje y reprogramar el suyo en el mismo vuelo. "¿Cuál es su nombre? ¿Blanche Dubois?", me dijo cuando hacíamos el trámite para comprar el billete, "lo dijo en la enfermería pero no lo retuve". Lo miré. "Blanche Dubois", volvió a decir. No comprendí. "Siempre he dependido de la amabilidad de los extraños", dijo. Tampoco entendí. "Es lo que dice Blanche Dubois, un personaje de Tennessee Williams. Me acordé de ella." "Es cierto, usted es muy amable, sí", le dije mientras pensaba que tal vez habría sido su amabilidad y no su perfume lo que había logrado traspasar la coraza con la que me había protegido. "Usted es muy amable", volví a decir. "No estoy hablando de mí sino de usted", me corrigió. "Siempre que leo o veo en el teatro *Un tranvía llamado Deseo,* cuando Blanche pronuncia esa frase, yo me digo a mí mismo que quien depende de la amabilidad de los extraños es porque está solo en el mundo. Aunque de hecho esté rodeado de gente.

Si alguien depende de la amabilidad de un extraño es que quienes lo rodean no son gente con la que ha podido contar." Lo que dijo me describía de tal forma que me estremeció, así que para evitar empezar a temblar otra vez llevé el asunto hacia otro lado: "La mujer a la que le cedió su asiento en el avión, por ejemplo", me apuré a decir. Pero Robert no dejó que me evadiera. "Usted..., ¿María?, ¿es María su nombre?" "María", confirmé. "Usted depende de mi amabilidad porque no cuenta con nadie. No sé qué fue de usted antes, en su infancia, en su adolescencia, en el tiempo anterior a que nos conociéramos en el avión, pero ayer cuando la vi, y hoy, acá, usted está completamente sola." Entonces sí lloré. Robert me dio su pañuelo, lo extendió hacia mí y esperó que yo decidiera si lo tomaba o no. Y luego me dejó llorar. Sin preguntar, sin decir frases de consuelo. Sólo llorar. La situación era más que extraordinaria: había dejado mi país, había abandonado a mi hijo, me había subido a un avión que me llevaba a cualquier parte, y me encontraba llorando sentada junto a un hombre que no me conocía ni sabía el motivo de mi llanto pero que era el amable extraño de quien yo dependía. No sólo eso, me estaba yendo a Boston, una ciudad que me era totalmente ajena, con él, de quien apenas conocía su nombre y su perfume, porque era amable y me ofrecía alquilarme una habitación de su casa. Robert Lohan, alguien que podía haber sido un asesino serial en lugar del extraño amable de otra Blanche Dubois.

¿Pero qué daño mayor al que me había hecho yo misma abandonando a mi hijo podía hacerme un asesino serial?

Los primeros tiempos, mi vida en Boston transcurrió dentro de mi habitación en la casa de Robert. Era una habitación independiente, separada de la casa principal por un patio, casi no nos cruzábamos. Él venía cada tanto a preguntarme si necesitaba algo. Pero se cuidaba de no ser invasivo, de no ir más allá de lo que yo podría haber tolerado. Un día me trajo una versión en castellano de *Un tranvía llamado Deseo*. "Lo encontré en una librería de viejo, lo vi en castellano y me dije que ese libro debía ser para usted." Lo dejé sobre mi mesa de luz, recién pude leerlo unos días después. Se lo devolví al día siguiente de que lo terminé. Me dijo que me lo quedara, que había sido un regalo, que él a Tennessee Williams prefería leerlo en idioma original. "Gracias", dije y me estaba por volver a mi cuarto con el ejemplar pero algo me hizo retroceder y aclararle: "Aunque yo haya dependido de la amabilidad de los extraños, como Blanche Dubois, no me parezco a ella. Ni su historia tiene que ver con la mía". "No se lo regalé porque usted tuviera efectivamente algo de Blanche, sino porque todos tenemos algo de ella, incluso yo. Así sucede con los grandes personajes de la literatura, siempre encontramos un punto, una arista, un gesto donde podemos ser ellos. O al menos podemos ponernos en su lugar." Robert tomó el libro y lo hojeó, como si buscara algo, luego leyó para sí algo que no compartió conmigo y lo cerró. "Pero más allá de las coincidencias, ¿le gustó la obra?", preguntó. "Sí, me gustó mucho", contesté. "Seguiré intentando, entonces", dijo Robert.

Unos días después me trajo otro libro, *La mujer rota*, de Simone de Beauvoir. Sabía que esa vez no dejaría que el libro permaneciera tanto tiempo sobre mi mesa de luz antes de empezarlo. Me perturbaba el título: *La mujer rota*. Lo leí esa misma tarde. Lloré. Al fin lloré unas lágrimas mucho más profundas que aquellas que había podido llorar junto a Robert en el aeropuerto, cuando me dio el pañuelo que nunca más le devolví. Esta vez lloré las lágrimas que necesitaba llorar, unas que no se habían gestado sólo en los temblores del día en que había huido sino que venían de otro tiempo. Cuando me recompuse le fui a devolver el libro a Robert. Este libro no era un regalo, como el otro; tenía su nombre estampado en la primera página, Robert Lohan, de la manera en que lo hace la gente que quiere que los libros prestados regresen a los estantes de su biblioteca. Me volvió a dar otro pañuelo esa noche. "*The second one*", me dijo. Le expliqué que en mi país creen que devolver pañuelos trae mala suerte. "Su país es un lugar muy particular", dijo. "¿Lo conoce bien?" "No, muy poco. Estuve en Chile una semana trabajando y sólo pasé dos días por Buenos Aires, para conocer esa ciudad de la que tanto me habían hablado. Y para encontrarme con usted en ese avión", dijo sonriendo con timidez. "¿Y por qué le parece un lugar muy particular si lo conoce tan poco?" "¡Porque no devuelven los pañuelos que les prestan!", respondió, y se rió. Yo también me reí, no me acordaba de cuándo había sido la última vez que me había reído antes de esa tarde. Fui a buscar en la memoria aquel momento de mi última risa, pero enseguida me detuve, sabía que cuando lo encontrara Federico estaría allí. No estaba preparada aún para ese encuentro, así que a medio camino de bucear en el recuerdo regresé y dije: "Gracias por el libro". Y luego, casi inmediatamente: "No me dejó un hombre por otra mujer". Robert se sonrió. "Pero, ¿le gustó el libro?" "Mucho", contesté, "aunque esa mujer no soy yo". "Otra vez el mismo error. Yo no dije que lo fuera", aclaró Robert, "sabía que ese libro la haría llorar en lugar de temblar como en el avión. Y pensé que eso, llorar, tal vez, la aliviaría". "¿Cómo sabe que el libro me hizo llorar?" "Por sus ojos, siguen húmedos, y rojos. Y porque yo también lloré cuando lo leí." Se sonrió y me sonreí. "Lloré", le confirmé, "en eso tuvo razón". Estaba a punto de irme pero él me detuvo. "Espere un instante, tengo otro libro para usted, si me da un minuto se lo doy ahora mismo." Fue a su biblioteca y volvió con un ejemplar en la mano. Mientras caminaba de la biblioteca hacia mí, buscaba adelante y atrás en las páginas del libro que me estaba por prestar. Luego se detuvo en una página precisa, le dobló una punta y me dijo: "Cuentos de Alice Munro, todos muy buenos, pero empiece por el que le marqué, 'Las niñas se quedan'". Tomé el libro, "Las niñas se quedan" repetí, le agradecí y me fui.

Lo empecé a leer a las dos de la mañana. Una hora después golpeé la puerta de Robert. Lloraba sin poder parar pero esta vez no hizo falta que me diera otro pañuelo, traía conmigo uno de los suyos. Y estaba enojada. "Usted no tiene derecho a hacerme esto", le dije hecha una furia. Robert no respondió. "¿Quién se cree que es usted?", le grité. Robert siguió sin decir nada.

"¿Y quién es esa Alice Munro?", pregunté y arrojé el libro al suelo, con desprecio, como deshaciéndome de algo que nunca debería haber estado conmigo. Robert se agachó a recogerlo —creo que le dolió verlo destartalado, con el lomo descolado—, acomodó un poco las páginas y dijo: "Munro es una gran escritora". Y después se quedó mirándome en silencio, esperando que me calmara. Me dio ese tiempo sin apuro, sin reproche. Poco a poco fui recuperando mi respiración, el latido de mi corazón dejó de ser un golpe en el medio del pecho. No pedí perdón, pero le pregunté con la prepotencia de quien exige una respuesta: "¿Esa mujer sabe lo que dice o miente?". "¿Alice Munro?" "Sí." "Miente con verosimilitud, como todo buen escritor", me respondió Robert, "y si miente con verosimilitud, es porque sabe de lo que habla". Entonces, como si estuviera recitando, largué una a una las preguntas que me había hecho al leer el cuento de Munro, preguntas construidas con sus propias palabras. "¿Es cierto que el dolor se hará crónico? ¿Es cierto que perdurará pero no será constante, que no moriré por ese dolor? ¿Es cierto que algún día no lo sentiré cada minuto, aunque tampoco pasará tanto tiempo sin que me haga una visita?" Hice esas preguntas en medio de un llanto constante que ni siquiera intentaba controlar porque habría sido en vano, era imposible separar esas lágrimas de las preguntas que me provocaba aquel cuento. Robert permaneció un instante en silencio y luego dijo: "Así suele ser con algunos dolores, no sé cuál es el suyo". "Yo dejé a mi hijo, pero no por un hombre", le respondí. "Me doy cuenta, usted está sola. Absolutamente sola." Lo miré con desprecio, me molestaba que marcara mi soledad de esa manera brutal. Entonces traté de ser tan brutal como sentía que era él: "¿Y usted por qué está solo? ¿Qué oculta? ¿Por qué nombraban tantas veces Vietnam los hombres que nos interrogaron en el aeropuerto de Miami?". Sentí que esa última pregunta provocó algún efecto en la inmutabilidad de Robert. "Si quiere pase y le cuento", me dijo. Pasé, nos sentamos en unos sillones frente a la biblioteca de donde sacaba los libros que me prestaba. "Mi hermano murió en Vietnam. Yo no fui, era estudiante universitario y podía esgrimir esa circunstancia para no alistarme. Pero además no estaba de acuerdo con la guerra. Mis padres sí, para ellos mi hermano era el orgullo familiar, no yo. A pesar de mis padres y de él mismo, traté de convencer a mi hermano para que se declarara insumiso y no fuera. Pero él estaba seguro de que quería ir. Y fue. Al principio sus cartas eran eufóricas y llegaban con frecuencia. Luego se espaciaron en el tiempo y eran más lacónicas. Por fin, mi hermano sólo me escribía a mí y no a mis padres, y sus cartas ya no pasaban de un párrafo o dos a lo sumo. La última que recibí la aprendí como un poema de leerla tantas veces. Decía:

Hoy he matado mucha gente,
no sé cuántos,
no sé quiénes,
no conozco sus caras,
pero sé que los maté.
No fue la primera vez.
Pero hoy lo supe.
¿Por qué?
¿Para qué?

"Y ya no recibí más cartas de él. Sí recibí la comunicación oficial de que había muerto en combate. Mis padres no pudieron tolerar la noticia. Murieron al poco tiempo. Uno detrás del otro. Yo me incorporé a cuanto grupo antiguerra andaba dando vueltas por la ciudad. En una época solía ir todas las tardes a manifestar delante de la Casa Blanca pidiendo que la guerra terminara. Cada día éramos más. Estuve preso en varias oportunidades después de esas manifestaciones. A veces aquellos datos acerca de mi detención aparecen en las computadoras de los aeropuertos. Pero cuando surge el motivo de la detención el asunto les termina dando más vergüenza a ellos que a mí. El síndrome de Vietnam, nadie quiere acordarse. Y me terminan dejando ir sin preguntar mucho más." Robert hizo una pausa, se me quedó mirando, y luego dijo: "¿Me quiere contar de usted?". Suspiré, no sé si quería, pero sentí que Robert merecía que, por fin, le diera alguna explicación. "Yo no dejé a mi hijo por otro hombre como el personaje del cuento de Munro, aunque siento un dolor semejante", dije. Y luego agregué: "Yo lo dejé por él, para protegerlo de mí". "¿Y qué mal podía hacerle a su hijo, de qué debía protegerlo?" "Es largo de contar", respondí, "y es tarde". Me levanté del sillón. Robert se levantó después de mí y dijo: "Cuando usted quiera, cuando lo necesite, yo estaré aquí para escuchar su historia". "Siempre he dependido de la amabilidad de los extraños", recité de memoria y le sonreí por primera vez antes de que lo hiciera él. Robert me devolvió la sonrisa, me acompañó hasta la puerta y me fui.

Pasaron unos días más. Robert no apareció por mi cuarto a traerme otro libro. No me acerqué a la parte de la casa que utilizaba él. Yo juntaba coraje para contarle mi pasado, y él me daba tiempo para que lo hiciera. Hasta que por fin una tarde, no sé cuántos días después, golpeé a su puerta y le pregunté: "¿De verdad quiere escuchar mi historia?". "La quiero escuchar, sí, claro que quiero." Pasé, Robert me siguió. Nos sentamos en los mismos sillones que la otra vez, frente a la biblioteca. Allí le conté todo, con detalles que ni yo misma era consciente de que recordaba. Creo que conté mi historia así, con tanta precisión, porque al hacerlo me la estaba contando a mí misma por primera vez: mis padres, el hermano que no conocí, los murciélagos, el abismo, la barrera, mi hijo, Mariano, el tren, un niño muerto, el rechazo de los que me rodeaban, Martha, el colegio Saint Peter, mi casa con rosal, el puente de Turdera, la voz de mi hijo cuando me nombraba, su mano, su piel de sólo seis años. "Lo que más extraño de él es su piel, el contacto con esa mano suave y tibia cuando caminábamos juntos." Lo miré y pregunté: "¿Ahora sabe quién soy?". "Sí, creo que sí: una mujer dañada", contestó Robert. "Usted no es una mujer rota, como la de Simone de Beauvoir, usted es una mujer dañada". "¿Y eso es mejor o peor?", pregunté. "Es mucho mejor", dijo Robert. "¿Por qué?" "Un daño se puede reparar, zurcir, se puede ayudar a cicatrizar la herida. Lo roto es difícil de reparar, casi siempre es mejor cambiarlo por otro. En cambio lo dañado tiene una reparación posible. Una esperanza, la ilusión de volver no digo al estado anterior al daño, pero a un estado en el que la vida pueda seguir fluyendo. Con otros tiempos, con otras intensidades, pero fluir. Mi hermano no tenía reparación posible, lo supe cuando recibí su última carta. Lo habían roto. Usted tal vez sí. No lo sé, no la conozco tanto. Lo que pasó, el hecho en sí mismo, es lo que no tiene reparación. Eso ya está, sucedió, no puede cambiar. Es lo que queda para siempre. Pero en el pasado. Hoy, mañana, el año que viene, todo dependerá de cómo viva y de qué haga usted de ahora en adelante. El daño está, el dolor está, pero de los caminos que elija surgirá lo que está por venir. Usted no podrá eliminar el daño, pero sí convertir eso que hoy no la deja vivir en un dolor apaciguado, uno que cada día se soporte mejor, se tolere, se transforme en un malestar que siempre la acompañará pero que le permitirá seguir viviendo. Un dolor que la visite cada tanto, como dice Munro, pero que también alguna mañana la deje salir de casa sin él a dar un paseo por ahí. Incluso a lo mejor llegue el día en que esté dispuesta a volver al lugar que dejó, y vuelva...” Robert iba a seguir hablando, pero lo interrumpí: “Yo dejé a mi hijo para protegerlo, y es por él que no debo regresar nunca más, para que esté a salvo. Para la ausencia de un hijo no creo que haya reparación posible”. “Habrá que verlo”, contestó Robert, “habrá que verlo”. Luego se levantó y volvió con dos copas de vino. “Una mujer dañada. Sospeché que usted era eso, pero dañada desde hace tiempo, alguien a quien lastimaron no sólo ahora, sino daño sobre daño, dolor sobre dolor, hasta que ya no pudo más.” Volví a temblar como en el vuelo que me había llevado hasta allí. El vino se sacudió dentro de la copa. Robert la tomó y la dejó sobre la mesa. Luego me tomó la mano y me dijo que me quedara esa noche allí, que no durmiera sola. “No me malinterprete, no es una proposición deshonesta, sólo que creo que acá usted dormirá mejor.”

Me dejó su cuarto y durmió en el living. En la mitad de la noche me desperté, Robert estaba sentado al borde de la cama. "Estuvo soñando, gritando en sueños, no quise despertarla, disculpe." "¿Qué decía?" "Gritaba un nombre: Juan." "El niño que maté." "El niño que murió en la barrera", dijo Robert, y se levantó. Antes de que saliera de la habitación lo llamé y le pedí: "¿Me podría dar la mano hasta que me duerma?". Él no respondió pero se sentó otra vez en la cama, ahora junto a mí, y puso mi mano entre las suyas. Yo cerré los ojos, y me dejé llevar por él hasta el lugar donde apareció el sueño otra vez.

No nos abrazamos sino hasta muchos meses después. Hacía más de un año que yo vivía en Boston, había empezado a hacer unos trabajos de traducción que Robert me encargaba, creo que más por ayudarme que porque los necesitara. O porque eran textos que quería que yo leyera. Una noche vino a mi cuarto a traerme un cuento que, según dijo, necesitaba hacer traducir para trabajar con algunos alumnos. El cuento era "Wakefield", de Nathaniel Hawthorne. Antes de dármelo, me dijo: "Ya sé que el protagonista no tiene nada que ver con usted, no me lo aclare cuando lo lea. No busque coincidencias en las circunstancias. Pero me resulta interesante el final. Un hombre que dejó a su familia por muchos años, que se fue a vivir a una casa muy cerca de allí, nadie supo de él en todos esos años, pero un día volvió". "¿Había matado a alguien?" "No, no había matado a nadie", me contestó, "pero no creo que usted entre tampoco en esa categoría, a pesar del niño que murió aplastado por el tren. A veces me pregunto si mi hermano entraría en esa categoría. Es cierto que mató, es cierto que quería enrolarse para ir a esa guerra. Pero recién supo qué significaba haber matado cuando tomó conciencia del engaño. ¿Pudo hacer otra cosa? No lo sé, nunca lo sabré". Sentí que Robert necesitaba que le devolviera algo de todo lo que me había dado en ese tiempo. "¿Quiere pasar?", le dije, "tengo vino sólo para llenar dos medias copas". "Eso es mejor que nada", respondió, y entró. Siguió hablándome toda la noche de su hermano, de sus padres. De las dificultades que tuvo para mantener relaciones estables con las pocas mujeres de las que se enamoró en su vida. De lo tan acostumbrado que estaba a vivir solo. "Hasta que llegó usted", me dijo, "ahora me acostumbré a tenerla cerca y compartir cada tanto una lectura o una copa de vino. Usted me hace bien", dijo, y ésa debe ser una de las frases más bellas que me dijeron en la vida. "Usted me hace bien", repitió y yo me levanté y lo abracé. Fue un impulso, el primer impulso que tuve en mucho tiempo. Desde que me había ido de mi país, desde que había abandonado a mi hijo, cada movimiento era pensado, no podía dar un paso en ninguna dirección sin meditarlo antes, no podía comer sin pensar en que debía comer, no podía bañarme sin decidir que era hora de bañarme. En cambio esa noche simplemente me levanté y abracé a Robert sin que ningún pensamiento se interpusiera entre el impulso y el acto. Y él se dejó abrazar.

Con el tiempo nos fuimos dando cuenta de que ya ninguno podía seguir sin el otro, o que seguir sin el otro habría sido mucho más duro para los dos. Un día empezamos a vivir juntos. A veces en la zona de la casa que habitaba él. A veces en mi cuarto. El primer beso llegó muchos meses después de eso. Como si fuera algo de lo que nos habíamos olvidado. Tomarse de la mano alcanzaba, abrazarse de vez en cuando. Pero fundamentalmente contar con el otro, eso era lo que nos unía. El beso, los cuerpos, nos ayudaron a estar más juntos aún. Pero llegaron en su momento, cuando tenían que llegar. Si hubieran aparecido antes no habríamos estado a la altura de las circunstancias, quizás alguno hubiera rechazado al otro. Logramos una comunión que un día necesitó el beso y los cuerpos; al revés, quizá no habría funcionado.

Los labios de Robert y su cuerpo me completaron, y aunque nunca dejé de ser una mujer dañada, sentí el alivio de su reparación. "La reparación total dependerá de ti, hay lugares adonde yo no puedo llegar, algún día decidirás si sigues viviendo los años que te quedan de esta manera o hay algo distinto por hacer. Yo sé lo que me gustaría que hicieras, pero es tu decisión. Será siempre tu decisión." Y Robert esperó, hasta que supo que ya no podía esperar más, que se estaba muriendo. Convencido de que sin su ayuda tal vez no me decidiría a dar ese paso que me faltaba dar —el paso que necesitaba para volver a ver a mi hijo aunque fuera una última vez—, Robert no quiso dejar todo librado al azar y actuó. El azar quiso que el colegio Saint Peter solicitara ser miembro aliado del Garlic Institute, pero Robert hizo todo lo demás. Hoy sospecho que, incluso, pudo haber sido el mismo Robert quien le hubiera ofrecido al Saint Peter ser colegio aliado y que la postulación del colegio que vine a evaluar haya sido menos azarosa de lo que yo suponía. Nunca lo sabré con certeza, ya no puedo preguntárselo a Robert. Aunque no está, cada día lo conozco más. Y me sonrío al darme cuenta cómo a pesar de estar muerto me sigue acompañando, sigue haciendo cosas por mí, no desde el más allá en el que no creo, sino cosas que dejó hechas aquí, en este mundo, antes de irse, sólo que recién ahora puedo verlas.

Así llegué hasta el lugar de donde me fui veinte años atrás. Gracias a la amabilidad de los extraños. Gracias a mi suerte, no aquella que decía mi madre, sino una pequeña suerte. Tal vez a una sumatoria de pequeñas suertes. Gracias a mi padre que me aseguró que los murciélagos no se enredan en el cabello de nadie como creía mi madre. Gracias a Maplethorpe que me dijo: "Tiene que ser fuerte".

Gracias a Robert.

Y gracias a mi hijo, que ya no tiene la piel suave de los seis años, pero que con su coraje enfrentó a la madre que lo había abandonado.

Me enfrentó a mí.

Imprimo el texto en cuanto lo termino. Es domingo a la noche y quiero dárselo a mi hijo mañana, en sus propias manos, cuando por última vez vaya al colegio Saint Peter a reunirme con Mr. Galván y a despedirme. La impresora que instalaron en el escritorio funciona bien, pero temo que la tinta del cartucho se agote antes de llegar a la última página. Noto que el negro de las letras va virando hacia el gris a medida que avanza la impresión. Algunas hojas se caen de la bandeja de páginas impresas y el desparramo me obliga a releer algunos renglones para ordenarlas. Leo palabras sueltas, el fin de una oración y el comienzo de otra: Ezeiza, niño, Wakefield, vino, confianza, tren. Juan. A pesar de la agonía del cartucho, cuando la impresión se detiene busco la frase final y, aunque en tonos de gris pero con claridad, puedo leer: "Me enfrentó a mí".

Acomodo las hojas, las golpeo de un margen y del otro hasta que forman una pila prolija y alineada. Las meto en un sobre que no me cuesta demasiado trabajo encontrar después de revisar dos o tres de los cajones del escritorio. En el frente del sobre escribo el nombre de mi hijo: Federico Lauría. Lo doy vuelta para poner mi nombre en el remitente y es entonces que dudo; no sé si poner Mary Lohan o Marilé Lauría. O María Elena Pujol, mi verdadero nombre, ese con el que me inscribieron mis padres cuando nací.

Por fin decido no poner nada, mi hijo sabe quién escribió este texto y se lo daré en sus propias manos —aunque no se lo entregara en sus propias manos también sabría—, así que no hace falta remitente alguno. Pero en cambio saco el texto del sobre y escribo en la última hoja mi nombre. Allí sí pongo: María Elena Pujol. Sé que Robert lo entendería. Sé que mi hijo necesita que ponga ese nombre. Yo también lo necesito. Dos renglones más abajo escribo mi mail, por si acaso él, después de leerlo, quisiera decirme algo.

Busco goma para pegar el sobre pero antes de hacerlo me doy cuenta de que aún falta algo. Voy a mi cuarto y reviso mi mochila. Saco las tres fotos de Federico que viajaron junto a la de Robert. Las pongo sobre la cama. Las miro, trato de elegir una pero no puedo. Cierro los ojos. Escojo cualquiera, al azar, la que toco primero. Abro los ojos y la miro. Es una imagen de cuando Federico tenía un poco más de un año. Con pasos inseguros camina hacia la cámara extendiendo los brazos. En realidad no camina exactamente hacia donde está el foco, hacia donde está quien lo mira a través del lente de la cámara, Mariano. Camina inclinado, de lado, un poco hacia la izquierda, hacia donde estoy yo, que no entro en cuadro. Pero sé que estoy allí. Porque allí estuve, extendiendo a la vez mis propios brazos para darle confianza, para animarlo a venir hacia nosotros. Vuelvo al escritorio y meto la foto dentro del sobre, antes de hacerlo le doy un beso, como si me despidiera de ella. Me desconozco, yo no beso cosas, yo no me despido.

Voy caminando al colegio. Me olvidé de avisarle a Mr. Galván que nadie me pasara a buscar esta mañana. Por eso salgo unos minutos antes, para no encontrarme con él cuando llegue a buscarme y así poder hacer ese camino sola, por última vez. Saludo al portero cuando dejo el edificio, se queda mirándome pero no dice nada. Parecería que ahora que cree que el murciélago voló —si es que me creyó cuando lo dije— no tiene tema de conversación ni excusa para hablar conmigo. Yo tampoco digo nada, entonces. Apenas levanto la mano a modo de saludo y salgo del edificio.

En medio de la marcha, como por un impulso, sin pensarlo para no arrepentirme, doblo a la derecha, hago tres cuadras y en la siguiente esquina me enfrento a la casa donde viví. La miro a la distancia. No voy a acercarme, pero quiero verla. Aún desde donde estoy, me doy cuenta de que el rosal ya no está. Me pregunto si simplemente habrá muerto, o si Martha habrá decidido que en ese lugar quedaban mejor las plantas que veo ahora y de las que ni siquiera sé el nombre. Me pregunto también si mi hijo seguirá viviendo con ellos, pero lo descarto casi de inmediato: si se casó, si tiene una hija, si estudió una carrera que está en las antípodas de lo que habría querido su padre, pero por sobre todo si mi hijo es lo que me demostró ser al enfrentarme con su texto, entonces Federico debe vivir en otro sitio, deben estar tratando de armar su propia historia independiente de los vínculos anteriores, empezando una nueva familia, tal vez sin renegar de ésta, pero propia. Eso creo de mi hijo, eso espero, pero no lo sé. La puerta se abre y veo salir a un joven que no es Federico, seguramente es uno de los hijos de Martha —no puedo reconocerlo a la distancia, tal vez tampoco lo reconocería si estuviera frente a mí—. Camina unos pasos hacia donde estoy, dudo de si irme o quedarme en ese lugar haciendo como que busco algo en la cartera, o que marco un número en el teléfono, demorarme y dejar que corra el breve lapso hasta que pase junto a mí, me mire —o no— y siga de largo. Pero el muchacho no llega hasta el lugar desde donde lo miro, a medio camino se sube a un auto estacionado junto a la vereda y se va. Avanzo entonces unos pasos más, como si haber corrido ese riesgo y que no haya tenido consecuencias me diera coraje para poder acercarme y husmear. Detrás de la ventana del living veo una sombra, alguien que va y viene. No sé quién es. ¿Mariano? ¿Martha? ¿Qué importa? La cercanía de la que fue mi casa me reseca la boca, intento tragar saliva para aliviarme pero la garganta sigue casi tan seca como antes. Me duelen las piernas, las pantorrillas se endurecen y se llenan de espinas como si tuviera un calambre. Mi cuerpo está incómodo en ese lugar. Tiemblo, un temblor controlado que posiblemente sólo note yo misma. Pero sé que la incomodidad no la produce la garganta seca, ni el dolor de piernas, ni el temblor. Me incomoda estar allí porque sentir esa casa tan cerca me confirma que en ese lugar yo no fui feliz. Y entonces me pregunto, ¿fui feliz alguna vez? En esa casa con Mariano y Federico, o antes con mis padres en su pequeño departamento con balcón y murciélagos, o en el colegio y con la ingenuidad que da la infancia, o con la prepotencia de la juventud en aquellas vacaciones en Pinamar, ¿yo fui feliz? ¿Y después de esta casa? Difícil ser feliz después de haber abandonado a un hijo. Y no menciono la muerte de su amigo como un impedimento para ser feliz porque esa culpa es de otra naturaleza, la cargo conmigo, me pesa, vuelve como un remordimiento, pero no es lo que anula la posibilidad de ser feliz. Haber dejado a un hijo, sí. El tiempo posterior a mi vida aquí fue un tiempo de emociones adormecidas, de sentimientos de baja intensidad. Como si yo fuera un aparato electrónico que necesitara electricidad de 220 voltios para funcionar y me hubieran enchufado a 110. Mi vida con Robert estuvo llena de cariño, de amparo. Pero la felicidad es otra cosa. Supongo que es otra cosa, deseo que sea otra cosa. Cuando Robert me acercaba una copa de vino, ponía jazz en nuestro equipo de música, se sentaba con un libro a mi lado y me tomaba la mano, cuando viajábamos y nos encontrábamos frente a un paisaje de una belleza perturbadora, cuando íbamos al teatro y disfrutábamos de una puesta virtuosa e inolvidable, cuando dormíamos abrazados, pude sentir alivio, sosiego, cariño, consuelo, hasta esperanza, pero no pude decir: soy feliz. No pude antes, ni después, ni ahora. Tal vez la felicidad sea algo para lo que no todos estamos preparados. A algunos, cuando ella acecha, cuando la sentimos cerca, nos da pánico. Y hacemos lo que sea para encontrar la manera de evitarla, para lograr que se desvíe de nuestro camino justo un instante antes de que nos toque. Porque el asunto es no saber qué hacer con esa felicidad, cómo meterla dentro del cuerpo y seguir hacia adelante. Para alguno de nosotros es el malestar y no la felicidad el hábitat donde podemos vivir.

Me quedo un rato más allí, frente a esa casa, y luego vuelvo sobre mis pasos para retomar el camino. Pero al llegar a la estación cruzo al otro lado de la ciudad y llego al Sanatorio Integral Lauría, el que era de mi suegro, el que hoy debe ser de Mariano y algún día podría ser de Federico. El edificio está muy cambiado.

Se nota que a la empresa le ha ido bien. Han incorporado propiedades linderas, la fachada es muy moderna, las ambulancias estacionadas en emergencias parecen de última generación. Entra y sale gente todo el tiempo. Allí me atendieron después del incidente de la barrera. O del suceso de la barrera. Ninguna palabra me parece suficiente para nombrarlo. No me gusta decir “el accidente”. Llamarlo así tendría algo de inevitable, y eso me quitaría culpa. Porque no fue un accidente, en todo caso una desgracia. Y aunque no fue mi intención, aunque muchos otros podrían haber estado en mi lugar y haber hecho lo mismo, frente a esa barrera estuve yo, hice lo que hice, y soy responsable de alguna manera. La palabra accidente debería reservarse para muy pocas cosas, la mayoría de las desgracias no deberían llamarse así. Este edificio que está frente a mí, el Sanatorio Integral Lauría, fue el lugar donde me llevaron aquel día, donde me hicieron los controles, donde me curaron de los golpes y algunas heridas, y donde al salir del shock empecé a entender qué había pasado. Aunque no tuviera claro, todavía, cómo mi vida cambiaría para siempre.

Retomo el camino hacia el colegio Saint Peter y estoy a punto de llegar cuando me arrepiento. Falta algo. Antes de entregarle este sobre a mi hijo debo pasar por un lugar más. Avanzo unas cuadras y me alejo de la estación. Camino mirando hacia adelante, tratando de que nada se interponga en mi camino, que nada me detenga. Dentro de la cartera suena mi teléfono pero no lo atiendo. Después de caminar unos quinientos metros doblo hacia las vías, con aprensión, conmovida. Pero para mi sorpresa no me encuentro con la barrera en la que mi auto se detuvo aquel día para que un tren lo arrastrara hasta aplastarlo. Ya no hay barrera, el paso es ahora por un túnel que atraviesa las vías por debajo de su recorrido y lleva, sin ningún riesgo, al otro lado de la ciudad. Ya no puede quedarse un auto detenido allí y si por azar o por desgracia alguno lo hiciera, ningún tren podrá arrasar con un niño atrapado adentro.

Dejo que mi mirada se pierda en la oscuridad de ese túnel. De alguna manera me consuela saber que hoy esa barrera no existe más. Trato de poner la mente en blanco, sin pensamientos que me lleven a otro sitio. Y estoy por lograrlo pero entonces siento el ruido de un tren que se acerca. Es un ruido distinto, no el de aquella tarde. No hay luz roja ni campana de alerta, sólo un traqueteo que avanza cada vez más nítido hasta que por fin delante de mí, sobre ese túnel que es un hueco de oscuridad donde hoy puedo protegerme, pasa un tren. La locomotora y luego un vagón detrás del otro. Con la cabeza acompaño ese movimiento, sigo cada vagón que llega hasta que se pierde detrás de un edificio. Y por fin todo el tren desaparece y ya nada queda sobre la vía. No hay barrera, ni tren, ni un auto detenido en medio de las vías. Nadie tuvo que decidir si pasa o no frente a señales equívocas. Nadie estuvo hoy en mi lugar, porque mi lugar, allí donde sucedió lo que sucedió, ya no existe. Lloro. Y me invade un profundo alivio. Las lentes se me corren y veo borroso. Tendré que enjuagarlas otra vez en mi propia saliva antes de seguir la marcha. Pero nada me importa, sólo que la barrera que me detuvo aquella tarde ya no está.

Vuelvo a mi camino, regreso sobre mis propios pasos y llego al colegio Saint Peter. Mr. Galván está preocupado. "Pasé por el departamento y el portero me dijo que salió temprano, tenía miedo de que se hubiera perdido." "Quería dar una caminata antes de irme." "Ah, me parece muy bien, si quiere dar otra vuelta avíseme y la puedo acompañar. Lástima que el fin de semana tenía que trabajar, si no la habría llevado a hacer un recorrido más detallado por la zona. Hay lindos lugares para ver." "Sí, se lo agradezco, lástima que tenía que trabajar." "Ya no queda mucho tiempo, pero cualquier cosa me avisa." "Sí, cualquier cosa le aviso."

Tengo una reunión final de trabajo de aproximadamente una hora con Mr. Galván. Le cuento cómo sigue el proceso. El tiempo que llevará la evaluación. Cómo será informado lo que se resuelva. La necesidad de que, si son aceptados como colegio aliado, algún representante legal viaje a Boston a firmar los convenios. "Espero estar pronto allí", dice Galván, y se ríe. Yo también le sonrío, pero no digo nada acerca del posible resultado de la evaluación. Por fin queda acordado todo lo relativo a los trámites y continuidad del proceso y estoy algo nerviosa, pensando cómo decirle que necesito ver a mi hijo —no diría "mi hijo" sino Federico Lauría, el profesor de *History*—, cuando Galván me comunica que en unos minutos habrá un cóctel con todos los profesores a manera de despedida. Sus palabras me tranquilizan, no por el brindis sino porque resuelve lo que estoy anhelando aunque él no lo sepa: la oportunidad de cruzarme con Federico una vez más y entregarle lo que escribí. Mientras espero sentada en la oficina de Mr. Galván, saco el sobre de la cartera, lo apoyo en mi falda y lo acaricio. Si Mr. Galván me viera acariciarlo —mientras va y viene por su oficina hablando de asuntos sin importancia—, podría pensar que se trata de un sobre arrugado que intento emprolijar. Y se equivocaría, porque la caricia no tiene que ver con esas arrugas sino con que lo que lleva dentro ese sobre: todo lo que tengo para ofrecerle a mi hijo y la ilusión de que él lo lea.

Unos minutos después, Mr. Galván me conduce al cóctel, en el salón de actos del colegio. Ya hay varios profesores, pero mi hijo no está. Cada vez que se abre la puerta miro esperando que sea él. Me decepciono, porque ninguno de los que entran es Federico. Intento mantener la conversación con cada uno de los que se acercan, con la mayor cordialidad posible, ser Mary Lohan a pesar de todo. Un rato después, Mr. Galván me presenta a uno de los hijos de Maplethorpe, el que sigue en el directorio del colegio; creo que nunca lo vi, no sé si alguna vez me lo habré cruzado, veinte años atrás. Es un hombre de unos cincuenta años, con cierto parecido a su padre tal como era en aquel entonces. Me gustaría preguntarle por John Maplethorpe, pero Mary Lohan no puede estar interesada en el fundador del colegio a quien nunca conoció, así que lo saludo y sólo le digo: "Encantada de conocerlo, su familia ha creado un muy buen colegio, lo felicito". Y él me da la mano, me agradece la visita, tenemos una breve conversación formal, y luego se corre a un costado para charlar con algún profesor presente. Mientras tanto mi hijo sigue sin aparecer. El sobre me incomoda, lo cambio de mano cuando tomo una copa, lo pongo debajo de mi axila cuando me sirvo algo en un plato que debo comer con tenedor. Hago equilibrio para que nada se me caiga. Pero no lo dejo, no lo pongo otra vez en la cartera. Espero. Por fin algunos profesores se acercan, me saludan —*"Nice to meet you"*— y se despiden. Da la sensación de que todos empiezan a irse. Mr. Galván mira el reloj y suspira con alivio, como si lo tranquilizara que esté cerca el fin de esa jornada y del estado permanente de evaluación al que se sintió sometido en estos días.

Mi hijo no llega. Mi hijo no está cuando ya no somos más de cinco o seis personas en el salón de actos y un mozo empieza a levantar el servicio. Al fin tomo coraje y le pregunto a Mr. Galván por él. Se disculpa, "perdón, no le dije, se me pasó", y de inmediato me aclara que es el único profesor que no está presente para mi despedida. Me cuenta que tuvo que pedir una licencia de improviso, que viajó a algún pueblo de la provincia de Buenos Aires del que no recuerda el nombre. Llama a su secretaria, que conversa a unos metros de nosotros con las únicas dos personas que quedan para ese entonces, y le pregunta: "¿Dónde es que vive la familia de la mujer de Federico Lauría?". "Trenque Lauquen", dice la secretaria, y luego sigue con su charla interrumpida. "Viajó por algún asunto familiar importante", me dice Mr. Galván. "Es un chico muy responsable, si no hubiera sido un asunto impostergable no habría viajado, estaría acá, por supuesto." E insiste con que es el único profesor ausente. Le pregunto si tendré la chance de verlo antes de irme. "No, no vendrá hasta por lo menos la semana que viene", me confirma y se me queda mirando, como si esperara una explicación ante mi insistencia por ver al único profesor que no está aquí esa tarde. Tal vez hasta crea, equivocadamente, que esto también es parte de la evaluación. "¿Puedo ayudarla en algo?", me dice con preocupación. "No, no se preocupe, Mr. Galván, es un tema menor", miento. Miro el sobre y me pregunto qué significa la ausencia de mi hijo, por qué se fue, por qué me enfrentó de la manera en que lo hizo y luego desapareció así. Tal vez realmente tuvo un asunto familiar impostergable, pero me cuesta creerlo. Me inclino a pensar que luego de enfrentarme no pudo más, que hasta allí llegaron sus fuerzas, que pudo decirme aquello que guardó todos estos años y con eso cerró una historia. Quizás incluso ya no necesite esto que escribí.

Aliso el sobre una vez más, lo acaricio y me pregunto qué hacer con él. Mr. Galván mira la hora y me dice que cuando esté lista me acerca al departamento. Le digo que estoy lista y vamos a su auto. En el viaje hacemos los arreglos finales acerca de quién me buscará al día siguiente para llevarme al aeropuerto, a qué hora, él me aconseja que no sea después de las cinco de la tarde por el tránsito. Se ofrece a llevarme a comer a algún sitio pero le digo que no, que estoy cansada y que todavía no hice la valija. Mr. Galván se alivia con mi contestación, ninguno de los dos queremos comer juntos esta noche. Cuando llegamos al departamento se baja a abrirme la puerta, me saluda una vez más, me agradece, me dice que suceda lo que suceda con la evaluación él está a mi disposición para lo que necesite. "Aunque espero verla pronto en Boston para firmar esos papeles", dice otra vez, y se ríe. "Yo también lo espero", digo, y Mr. Galván no puede ocultar su satisfacción. Abro la puerta del edificio y estoy a punto de entrar pero regreso y lo detengo antes de que se suba al auto otra vez. "Discúlpeme, casi me olvido —vuelvo a mentir—, ¿usted sería tan amable de entregarle este sobre al profesor Lauría?", le digo. Y no doy más explicaciones, no digo que se trata de un trabajo que comentamos juntos, ni de una publicación que podría interesarle, ni esgrimo ninguna otra excusa equivalente. Sólo repito lo mismo, tal vez con un tono más humilde: "¿Sería tan amable de dárselo, por favor?". Y Mr. Galván me dice que sí, que por supuesto, y pregunta: "¿Es urgente o puede esperar a que Lauría vuelva?". Le entrego el sobre y respondo: "No, no, cuando vuelva, claro, no es urgente". Entonces sí me meto en el edificio y subo en el ascensor mientras dentro de mí luchan cuerpo a cuerpo terror y esperanza. El terror de que a Mr. Galván lo mate la curiosidad y abra ese sobre, y la esperanza de que sea un hombre confiable —más allá de creerse el más sexy de todos— y cumpla con mi encargo sin más.

Me quito las lentes de contacto, las dejo en su líquido, me pongo los lentes de armazón, guardo mi ropa en la valija excepto lo que voy a llevar puesto al día siguiente. Reviso los cajones, el baño, el escritorio, para asegurarme de que no me olvido de nada. Y cuando está todo listo me dispongo a hacer aquello que me queda pendiente. Busco en la cocina papeles de diarios viejos que vi en el fondo de una alacena, busco en mi cartera la caja de fósforos, tomo un banco de madera del escritorio y con todos esos elementos salgo al balcón. Enrollo algunas páginas de diario y luego las enciendo como si fueran una antorcha. Me subo al banco. Meto la antorcha encendida por el hueco que tiene la madera que recubre el balcón. La falta de oxígeno la apaga y un humo negro se eleva del hueco hacia el techo. Vuelvo a encender la antorcha. Repito lo mismo varias veces. Cuando es necesario descarto esa antorcha y preparo una nueva con otras hojas de diarios. Hasta que por fin un pichón de murciélago sale volando y se pierde en la noche. Con rapidez, hago bollos con los diarios que me quedan y los meto por el hueco hasta completar el vacío, aprieto para asegurarme de que no quede sitio libre. Ya ningún murciélago podrá meterse allí. Y eso lo salvará de que el portero le tire veneno para que el próximo huésped no se inquiete al ver sus heces.

Enciendo un cigarrillo y me apoyo en la baranda a mirar esa ciudad por última vez. Pienso dónde estará la casa de mi hijo, si será cerca, y si él estará en Trenque Lauquen o allí, escondido de mí. Doy una pitada más profunda y apago el cigarrillo. Me pregunto si la esperanza vencerá el temor, si Mr. Galván le entregará a mi hijo el sobre que le di sin antes leer lo que contiene. Incluso me pregunto si se lo entregará algún día o quedará arrumbado en un rincón de su oficina.

Y me digo que sí, que hoy es un día para que las cosas salgan bien. Que así como ese pichón de murciélago tuvo la suerte de huir en medio del humo, de escapar de lo que podía haberse convertido en su propia tumba, mi suerte pequeña me ayudará a que el texto que escribí llegue donde tiene que llegar.

Aunque luego nadie lo lea, eso ya sería otro tipo de suerte.

Boston

Volví a Boston, a la casa en la que viví con Robert y que ahora es mía. Nunca nos casamos legalmente, no me había divorciado de Mariano y temí que al intentar casarme con Robert los trámites trajeran algún inconveniente y con ellos volviera ese pasado al que no quería regresar. Pero al enterarse a qué se debían los dolores de estómago inexplicables que padecía —cáncer—, Robert se ocupó de dejar todo lo que tenía a mi nombre. "Eso es algo bueno de esta enfermedad, que da tiempo para dejar arregladas algunas cuestiones. Más allá de la conciencia de finitud, en lo cotidiano, día a día, uno sigue pudiendo hacer cosas. Es como si un día alguien diera vuelta el reloj de arena que marca el tiempo que nos queda delante de nuestros propios ojos. Esta enfermedad es una mierda, pero da tiempo, la arena se escurre, avisa que te vas a morir. Un infarto, no." Y cuando se refería a "dejar algunas cosas arregladas" yo creía que hablaba de la casa, del dinero en el banco, de la pequeña cabaña en el lago, incluso de mi trabajo en el Garlic Institute. Ahora sé que también se refería al viaje a la Argentina, a evaluar el colegio Saint Peter, aquello que me daría la posibilidad de estar cerca del lugar de donde huí y reparar algunos daños. Si es que yo aceptaba viajar y dejaba que algunos daños fueran reparados, eso ya no dependía de él.

Hace unas semanas que estoy aquí. Escribo otra vez a mano en mi cuaderno de notas. Al título del primer texto, "Cuaderno de bitácora: Volver", le agregué la palabra "intervenido". Tracé una raya y en lugar del título "Porqué", con el que había llamado al texto que escribí para mi hijo, escribí: "La amabilidad de los extraños". Y a continuación una nota: "Texto impreso entregado a Federico Lauría, del que hay una copia en mis archivos de Word". Luego tracé una segunda raya y puse: "Boston". Porque Boston es hoy mi ciudad. Volé a Nueva York y desde allí otra vez en tren, más de cuatro horas, hasta llegar aquí. Sus edificios modernos que contrastan con las elegantes casas de otro siglo, sus calles y sus parques llenos de estudiantes y de ardillas son el lugar que reconozco como mío. Aquí sé cómo ir de un lugar a otro sin perderme, sé dónde encontrar las mejores frutas de la ciudad, dónde comprar flores o chocolate, dónde ir a buscar asistencia médica, dónde sentarme a ver el atardecer, a leer un libro, o a llorar sin que nadie me vea. En Boston, todo sitio donde hay que ir está a *walking distance.* Y yo lo agradezco porque me gusta caminar, sentirme libre, no depender de un transporte que debo compartir con otra gente con la que no me une más que el trayecto que debemos recorrer. Boston, además, es Robert. Y eso le da a la ciudad una connotación que no tendrá ninguna otra ciudad donde viva si es que alguna vez decido irme de aquí.

Por eso, porque ésta es mi ciudad, porque yo soy de aquí, es que a mi regreso de la Argentina me sorprende que recién ahora yo repare en algo que es característico de ella y que antes —en estos últimos veinte años— no llamó mi atención: el frío. No es que no lo haya sentido, nadie que viva en Boston puede no sentir el frío. Pero no tenía conciencia real de él, no lo padecía, no me quejaba, era simplemente un dato más. Lo sentía y me abrigaba, me ponía gorro, guantes, bufanda, mi mejor campera. Pero no lo mencionaba, no estaba pendiente de él. Por eso es que hoy me sorprendo a mí misma diciendo "¡Qué frío!". Siento frío en este noviembre que se va y anticipa el invierno que está por venir. Pasé muchos otros noviembres aquí —no suele ser el mes más frío del año—, y también pasé muchos inviernos, pero nunca sentí lo que hoy siento. Es como si un hielo inmenso atravesara la suela de los zapatos y subiera imparable hasta la punta de mi cabeza. Me duele la cara, el cuero cabelludo aunque lleve gorro y las manos aunque lleve guantes. Toda la ciudad está preparada para este frío, las casas, los medios de transporte, los bares son lugares agradables donde sentirse a reparo. Pero la calle es otra cosa. De todos modos y a pesar de la temperatura la ciudad no se detiene, la gente va y viene. Miro a un lado y a otro y la mayoría de los que caminan cerca de mí son jóvenes. La Atenas de América, llaman algunos a Boston. La ciudad del saber, de las universidades, de la educación. Camino por ella y me pregunto: ¿hoy a alguien le importa de verdad la educación? En esta ciudad o en cualquier otra. Nadie, en ninguna parte del mundo, reconocería que no le importa la educación. Pero los presupuestos representan un menor porcentaje del PBI, los subsidios son cada vez menores, la calidad educativa se degrada. Por momentos me detengo a pensar en estas cosas y siento que soy Robert, que hablo por él, que me apropié de su discurso y cuando reclamo en silencio por una educación de excelencia no hago más que cumplir con eso que Robert exigiría si estuviera aquí. De hecho, cuando él estaba, yo no me preocupaba por estas cosas. Lo escuchaba declamar, enojarse, festejar los progresos pero también protestar por lo que se fue perdiendo. Compartíamos esos comentarios pero no era mi batalla sino la suya. La educación era tema de Robert. Y Robert ya no está. Podría dejar caer el interés en el asunto, que la educación no fuera más que uno de los tantos temas que me convoca, además de mi trabajo. Sin embargo, siento que así como Robert me dejó una casa y dinero con el que mantenerme el resto de mi vida, también me dejó este legado. Boston, aún en este tiempo, sigue siendo una ciudad que da prioridad a la educación y donde muchos quieren estudiar. Jóvenes de todas partes del mundo vienen a sus colegios y a sus universidades. Muchachos y chicas que invaden esta ciudad. Y aunque siempre lo supe, hoy además los veo. Como me pasa con el frío. Veo una Boston repleta de jóvenes en actividad. Me rodean, marchan delante, detrás, a mis costados. Llevan de un lado a otro de la ciudad sus instrumentos de música, sus libros, sus equipos de video, los papeles con los que estudian. Observo al joven que camina unos pasos delante de mí. Sólo veo su espalda, su cabello, la forma en que anda. Podría haber sido Federico, unos años atrás. Me pregunto quién será su madre, si está cerca o lejos de él. La mayoría de los jóvenes que vienen a estudiar a Boston viven solos, o con amigos. Sus madres quedaron en otras partes del país o incluso del mundo. Pero están, para un llamado telefónico, para una visita cada tanto, para mandar dinero si hay una emergencia, o para viajar y estar presentes en la fiesta de graduación. Esas madres, aunque lejos, están. Yo no estuve cuando

Federico estudió, ni cuando se graduó. Seguramente habrá estado su padre, tal vez Martha, sus primos, sus tíos, pero no yo. Me hubiera gustado ver a Federico estudiar Historia, que me comentara lo que lo apasionaba y lo que lo aburría. Ayudarlo a soportar aquello que no le interesaba de la carrera, acompañarlo cuando tenía que preparar materias que no eran de su interés pero necesarias para recibirse y obtener el título. ¿Cuál habrá sido la materia que Federico más disfrutó? ¿Cuál la que odió? ¿Cuál la que tuvo que rendir varias veces hasta aprobarla? Hoy, mientras camino en esta ciudad, deseo algo que quedó en el pasado: haber estado allí, haberle cebado mate mientras estudiaba por las noches. No pude desearlo entonces, no me atreví, no pertenecía a mi mundo posible. Hoy sí lo deseo, haberle cebado mate a mi hijo mientras estudiaba. ¿O tomaría café? No sé si mi hijo prefiere tomar mate o café. Ni tampoco si le gusta quedarse despierto toda la noche preparando un examen o levantarse de madrugada y estudiar de día. Su padre era noctámbulo, yo diurna. ¿A quién de los dos habrá salido Federico? Conozco muy pocas costumbres de mi hijo. De todos modos, ahora sé muchas cosas más de las que hubiera imaginado saber antes de ir a Temperley a evaluar el colegio Saint Peter. Conozco la cara que tiene a los veintiséis años. Sé que eligió estudiar Historia. Que se casó y tiene una hija. Sé que recuerda hasta los mínimos detalles de aquel día en que nos detuvimos en medio de la barrera. Y que escribe esos detalles desde entonces. Sé que lo terminó de criar Martha. Que no fue feliz en esa familia. Sé que durante muchos años esperó una respuesta mía, una razón que le explique por qué lo dejé. Tal vez hoy ya no espere, ya tenga esa respuesta, si Mr. Galván le entregó el sobre que le di para el profesor Federico Lauría y él, mi hijo, quiso leer lo que había dentro.

Sé poco de mi hijo, pero mucho más de lo que sabía unas semanas atrás.

También sé más de mí.

Sé que por primera vez siento en Boston un frío que siempre estuvo pero que recién hoy me cala los huesos.

Y que vivo en una ciudad no sólo repleta de ardillas sino también de jóvenes estudiantes que ahora puedo ver.

La evaluación del colegio Saint Peter no es sólo responsabilidad mía. Entregué una serie de planillas donde volqué resultados preliminares para que los considere el comité evaluador. Y una nota a manera de recomendación. Pero aunque falta que ellos den su opinión definitiva, por la experiencia que he tenido en casos anteriores y las preguntas que me enviaron para ampliar alguna información, estoy segura de que el colegio Saint Peter será aceptado como colegio aliado del Garlic Institute.

Este tiempo siguiente a las entrevistas en Temperley y hasta que se defina la incorporación del Saint Peter, es para mí un tiempo detenido en el aire. Retomo mis clases pero no logro concentrarme en esos alumnos que veo casi por primera vez. Me dicen sus nombres y los olvido, algo que nunca antes me había pasado. Intento hacer un legajo compuesto de fichas con foto y nombre de cada uno de ellos. Repaso por las noches cara y foto pero tampoco resulta. Me digo que en cuanto me saque de la cabeza el colegio Saint Peter y lo que significa, volveré a ser quien era, Mary Lohan, la profesora de Español, la viuda de Robert Lohan. Con el tiempo Marilé volverá a ser una molestia que acompaña pero deja seguir viviendo. Y María Elena Pujol permanecerá dentro de mí pero oculta, sosteniendo lo que soy desde su escondite.

Voy y vengo por la casa y creo que recién ahora —después de haber viajado a la Argentina— tengo conciencia real de que Robert ya no está. Entro a una habitación que aún huele a él y en un primer instante creo que me encontraré a Robert detrás de esa puerta, atándose los cordones de sus zapatos, leyendo un libro, haciéndose el nudo de la corbata. Robert, que levantará la vista, suspenderá un segundo lo que esté haciendo y me dirá: "¿Cómo amaneció hoy mi mujer dañada?". Y yo le diré: "Sin nuevos daños que reportar". Y nos sonreiremos los dos. Pero no es así, porque abro todas las puertas y la casa está vacía. Al principio, la sensación que me producía la muerte de quien compartió conmigo los últimos veinte años era una ilusión de ausencia pasajera, como si fuera posible que un día quien se fue regresara de un viaje no programado o despertara de un sueño inducido, volviera al hogar, metiera las llaves en la puerta y entrara con su marcha torpe de señor que mide dos metros. Sin embargo ya pasó casi un año desde su muerte y Robert no regresa de ningún viaje ni despierta de ningún sueño. Y yo, como el frío que hoy me taladra, siento en los huesos que él no está. Y empiezo a aceptar que aunque la casa huela a él no hay ausencia pasajera, que Robert está muerto.

Mantengo contacto con el colegio Saint Peter. Pero no sé nada de mi hijo. Hace unos días me atreví a preguntarle por él a Mr. Galván en una postdata a un mail formal y de trabajo donde le comentaba los avances en la evaluación: "P. D.: ¿Pudo entregarle el sobre al profesor Lauría?". A lo que Mr. Galván respondió: "Sí, Mrs. Lohan, el sobre ya está donde debe estar". Pero fuera de mi pregunta y su respuesta, que juntas no ocupaban más de tres renglones, ninguna noticia más. Reviso la carpeta con los nombres de los profesores y me doy cuenta de que en la ficha de datos personales no pedimos ni el mail ni el teléfono de los entrevistados. Me extraña, me decepciona, pero lo entiendo, no hay motivo para contactarse con ellos luego de las entrevistas, el contacto se hace siempre formalmente y a través del colegio. No sé si de haber tenido su dirección electrónica le habría escrito, no sé tampoco si lo habría llamado de haber tenido su número, pero contar con esos datos me daría una posibilidad que hoy no tengo. A menos que se los pida a Mr. Galván, algo que no podría hacer sin darle alguna explicación concreta, diciendo lo que no dije cuando le entregué ese sobre arrugado que contenía todo lo que tenía para decir.

Unas semanas después, el trámite del Saint Peter concluye con una recomendación positiva, la comisión evaluadora informa que no le sobró nada, que el colegio evaluado aplicó con lo justo, pero que aun así está en condiciones de ser aliado del Garlic Institute. Me asignan como tarea principal seguir los detalles de la incorporación del nuevo colegio, quién mejor que yo que fui allí y los conozco, concluyen. El primer contacto lo hago telefónicamente, hablo con Mr. Galván para informarle que serán aliados y del otro lado de la línea me vuelve la voz eufórica del director del Saint Peter que dice: “Lo sabía, Mrs. Lohan, lo sabía”. Luego continúo con los trámites más burocráticos por correo electrónico. Arreglo la fecha y las condiciones para la firma de los convenios, organizo el viaje del representante legal que pueda firmarlos, solicito los poderes y demás documentos necesarios para el día de la firma. Pregunto quién será el representante del colegio en la ocasión y Mr. Galván me contesta con orgullo que va a ser él. Dice que está muy contento y yo lo felicito con sinceridad. Acordamos detalles, tipo de alojamiento que prefiere, lo ayudo a elegir algunas ciudades a donde ir a pasear aprovechando que se quedará unos días después de la firma de los convenios. Por las preguntas que me hace —"¿Vale la pena, como tanto dicen, conocer el Quincy Market? ¿Me alcanza con un día para recorrerlo entero o necesito dos?"— creo que Mr. Galván está casi más contento de conocer Boston y tomarse después unos días para recorrer otras ciudades de los Estados Unidos que con que el colegio Saint Peter haya pasado la evaluación. No se lo reprocho. A Robert le habría fastidiado su actitud, pero debo reconocer que Mr. Galván terminó resultándome simpático, un personaje que hace bien su trabajo, con eficacia, incluso con la pasión que le gustaría a Robert, y que a la vez no se priva de pasarlo bien. Pero, sobre todo, Mr. Galván se convirtió para mí en el señor que entrega un sobre a quien debe, si uno se lo pide.

Reservo un hotel para él, armo su agenda —confirmo algunos encuentros de trabajo y otros sociales para nuestro nuevo director aliado—, y organizo mis cosas para ir a buscarlo al aeropuerto.

Allí estaré, en unos días, una mañana bien temprano. Pero ni aun resultándome más simpático que cuando lo conocí, le hablaré del vuelo ni del clima si nos excedemos de los veintitrés segundos de silencio.

Cuatro días antes de la visita de Mr. Galván, recibo un mail de él. No me sorprende ver su nombre en la bandeja de entrada, Mr. Galván escribió muchas veces y preguntó muchas cosas en estos últimos días. Pero este mail es distinto. Por lo pronto, modificó el asunto "Firma convenio colegio Saint Peter" por "Cambio de planes". Lo abro. El tono, ya desde la línea con la que se dirige a mí, es diferente. Dice: "Querida Mary", cuando los anteriores arrancaban con: "Estimada Mrs. Lohan".

De: Fabio Galván
Para: Mary Lohan
Asunto: Cambio de planes

Querida Mary:
Trataré de ser breve, aunque debo darle algunas explicaciones.
No voy a viajar. Y a pesar de la ilusión que me hacía estar allí, no me pesa haber cedido mi lugar.
Cuando Mr. John Maplethorpe me pidió una reunión, me sorprendió muchísimo. En los años que llevo en el colegio Saint Peter me he reunido esporádicamente con sus hijos, pero nunca con él.
Por supuesto le di la cita.

No vino solo, sino con el profesor de *History* Federico Lauría. Ellos han tenido una relación muy estrecha todos estos años, no sé si usted lo sabía. Mr. Maplethorpe ha sido su consejero en muchos aspectos, y quien le transmitió el gusto por la Historia.

Entre los dos me contaron lo que sucedió veinte años atrás. Yo desconocía en absoluto el incidente, soy nuevo en la zona.

Maplethorpe me dijo que, dadas las circunstancias, él creía que la persona más indicada para viajar a encontrarse con usted en representación del colegio era el profesor Lauría, su hijo. Y debo confesar que a pesar de lo entusiasmado que me tenía este viaje, estuve totalmente de acuerdo con él. ¡Ya encontraré la excusa para que el Garlic Institute me invite a participar de algún otro evento! ¿No cree usted?

Debo destacar, porque le interesará saberlo, que el profesor Lauría hizo este pedido con humildad, sin usar la relación con Maplethorpe y su presencia en esa reunión para ejercer presión alguna sino porque le habría sido imposible venir a contarme esta circunstancia sin su mediación. De todos modos, admiré su coraje.

Tuvimos que correr con los trámites para cambiar los poderes legales de modo que Federico pueda firmar el convenio, pero ya está todo listo. Le deseo mucha suerte. Nos deseo mucha suerte a todos.

Por último, le pido que por favor transfiera la reservación de mi hotel a nombre de Federico Lauría y que prevea que él viajará con su mujer

y su hija, para que cuente a su llegada con las comodidades necesarias.
Espero volver a verla en un futuro no tan lejano.
Mis respetos para usted.
Mr. Fabio Galván

Viene mi hijo.

Con su mujer y su hija, mi nieta. Estoy paralizada. De tanto latir con agitación, tengo miedo de que mi corazón se pueda parar en seco. Esta vez no lloro, no hay lágrimas. Tampoco tiemblo. Sólo siento un golpeteo incontrolado que me retumba en medio del pecho. Trato de calmarme. Leo el mail de Mr. Galván una y otra vez. Lo aprendo de memoria. Intento imaginar el encuentro con mi hijo, pensar qué me dirá, que le diré. Sé que si decidió venir es que leyó lo que escribí. Sé que si decidió venir no hablaremos sólo del convenio con el Garlic Institute ni tendremos únicamente reuniones formales y de trabajo. Pero no sé si está más enojado conmigo que antes o menos. Ni siquiera sé si alguna vez lo estuvo. Ni cuánto. Cada persona reacciona de distinta manera ante el abismo que se le abre un día por delante, sabe que no puede dar un paso más porque caería, pero las opciones, los distintos caminos, suelen ser muchos más que aquellos que se imagina quien está frente al precipicio. Yo me fui, dejé a mi hijo y me encerré en mí misma. Otro, en mi caso, habría tomado un camino diferente. La respuesta a cada abismo es personal, única. Desconozco aún cuál fue la de él. Mi hijo puede haber sentido enojo, rabia, hasta odio, pero también decepción, angustia, vergüenza. No sé cuál de estos sentimientos habrá prevalecido sobre los otros. No sé qué siente hoy. Sólo sé que viene en unos días a Boston a verme, que leyó lo que escribí. Y que yo iré a esperarlo al aeropuerto.

Salgo a caminar por la ciudad. No me importa el frío que me corta la cara. Necesito marchar, estar en movimiento. Intuyo que si me quedo sentada esperando el momento de ir al aeropuerto las horas se harán interminables. Atravieso una plaza. Una ardilla se cruza delante de mis pies, y luego otra. Levanto la vista y me pregunto si algún día me cruzaré en esta ciudad con un pichón de murciélago. Bajo la mirada y la dejo perderse en medio de ese parque. Unos metros más adelante hay un piano que invita a que alguien se pare frente a él y lo toque. Quizá quedó después de la muestra *Play me. I'm yours* que el año pasado inundó la ciudad con pianos intervenidos por artistas: en paradas de colectivos, en plazas, en subtes, en cualquier calle. La ciudad entera invadida de pianos esperando ser tocados. O tal vez este piano siempre estuvo ahí y yo no lo vi. Cada día después de mi regreso descubro cosas que estaban aquí, a mi lado, y yo no pude ver. El frío, los jóvenes, un piano. Pasan dos chicas, se detienen, una de ellas toca algunos acordes y siguen. Me siento en un banco a unos metros del piano. Un segundo transeúnte se para frente él, deja su mochila en el piso y toca una melodía que no conozco. Y luego otra. Y una tercera. Cada tanto se equivoca, prueba con una tecla que no es la que debería tocar y entonces reinicia la pieza desde el comienzo. Llega una joven, lo saluda y se van juntos. El piano queda solo unos minutos, lo miro a la distancia, me encantaría tocarlo, pero no sé hacerlo. Me pregunto si no podría tocarlo de cualquier modo, si no podría acercarme y apretar la tecla que sea, con el dedo que sea, sin esperar nada más que escuchar el sonido que aparece, luego otro, y así, de a poco, dejarme sorprender por esa música. Simplemente eso, apretar una tecla y esperar un sonido. Y estoy por hacerlo, estoy por levantarme de este banco para ir hacia el instrumento cuando se detiene otro muchacho frente a él. Entonces me alivio, vuelvo a sentarme y espero que ese otro haga aquello que yo no sé o no me atrevo. El muchacho carga el estuche de lo que probablemente sea una trompeta. Lo deja en el piso, debajo del piano, junto a su mochila. Se sienta. Se agacha, revuelve en su mochila y saca un papel, una partitura que pone frente a él, en el atril del piano. Empieza a tocar y suena el primer acorde. Esta vez, para mi sorpresa, lo que sigue es una melodía que conozco, "Fuga y misterio", de Astor Piazzolla, aunque el chico la ejecuta con arreglos que cada tanto contradicen la melodía que tengo en el recuerdo. Cierro los ojos para apreciar el sonido que produce cada nota, cada acorde. Me acuerdo de mi padre enseñándome a escuchar a Piazzolla. Me acuerdo del día en que yo se lo hice escuchar a Robert por primera vez. Cuando abro los ojos veo que varios jóvenes se juntaron alrededor del piano, en silencio, a participar de este improvisado concierto callejero. Me pregunto si esos jóvenes saben quién es el autor de esa melodía o simplemente la disfrutan "porque es la más bella de todas", como decía mi padre.

Me gustaría que mi hijo estuviera aquí. Me gustaría traerlo a que conozca este piano que espera en una plaza de Boston a alguien que se siente frente a él a arrancarle la música que sea. Por primera vez traslado a mi hijo a un deseo en el presente, a una situación que podría ser posible. No a un deseo del pasado del que uno sólo puede lamentarse porque ya no se cumplirá. Ya no puedo cebarle mate mientras prepara sus materias para recibirse de licenciado en Historia. Pero sí puedo desear que toque ese piano. Porque mi hijo, tal vez, cuando llegue, cuando salga a pasear por la ciudad con su mujer y su hija, atraviese esta plaza y se detenga frente a él.

Quizá lo toque, si es que sabe hacerlo.

Y quizá yo esté allí para escucharlo.

El día anterior a su llegada recibo un mail de Federico. Y unos minutos después, un segundo mail.

El primero dice:

De: Federico Lauría.
Para: Mary Lohan.
Asunto: Firma de convenio

Estimada Mrs. Lohan:
Mañana a primera hora estaré en Boston.
Llegaré a tiempo para las citas ya previstas con Mr. Galván, a quien reemplazaré en la firma de los convenios.
La saludo a usted atentamente.
Profesor Federico Lauría

Termino de leerlo y me recorre el cuerpo una sensación extraña. El mail no dice nada malo, pero Federico me trata como si su presencia aquí fuera exclusivamente un asunto de trabajo, poniendo entre él y yo una distancia que sería la correcta si no fuera mi hijo. Sin embargo, es mi hijo. Y entonces todas mis fantasías acerca de su visita se oscurecen, se sienten ásperas. Ya no puedo desear verlo tocando el piano en una plaza de Boston.

Intento calmarme. Camino por la casa tratando de decodificar este mensaje. Pienso en Robert, en qué libro me alcanzaría Robert en este momento. Me convenzo de que se acercaría hasta donde estoy, sin decir palabra, con una copa de vino en una mano y *Fragmentos de un discurso amoroso* de Barthes en la otra. Me daría las dos cosas, yo leería el título y le preguntaría una vez más qué tiene que ver eso conmigo. Y él me respondería: "Entre madre e hijo también hay un discurso amoroso por decodificar, el primero de todos, ése con el que se aprende a decodificar los demás mensajes". Lo mismo que me dijo cuando me lo dio a leer por primera vez. "En la decodificación del discurso del otro es donde cometemos los peores errores, cuando llenamos los vacíos interpretando qué quiso decir quien en realidad no dijo", me enseñó. Y yo pensé en las ausencias de mi madre, en los silencios de mi padre, en la mirada de Mariano, en el "Todo bien, mami", de Federico. En mi ausencia de estos veinte años. En mi propio silencio. Lo sé, sé del error que trae consigo decodificar, y de lo que ese error puede hacerme sufrir. Pero no puedo dejar de hacerlo. Imagino escenarios posibles. Busco claves en cada una de sus palabras. Barthes me diría que no lo hiciera, Robert también. Pero sigo buscando el mensaje cifrado que no encuentro. Porque no lo hay. Ese mail dice tan sólo lo que dice, que llegará mañana a firmar los convenios. Punto. Y lo compruebo cuando unos minutos después entra en mi casilla de correo su segundo mail. Uno que empieza directamente con el cuerpo del mensaje, sin encabezado, tal vez para no nombrarme —sigo decodificando—, para no elegir si decir "estimada", "querida", o tan sólo el nombre: Mary, Marilé, María Elena. Descarto que entre esas posibilidades esté "mamá". Mi hijo no puede llamarme así.

De: Federico Lauría
Para: Mary Lohan
Asunto: Mi viaje

Estaré allí mañana temprano. Viajo con mi mujer, Ariana, y mi hija, Amelia.
Leí tu texto. Primero lo leyó Ariana y después yo. Le pedí que lo hiciera y me aconsejara si debía leerlo o no. Se le llenaron los ojos de lágrimas cuando vio la foto que lo acompañaba, mi foto. Luego lo leyó. Cuando terminó de hacerlo, me lo dio sin más comentario que "Sí, leelo". Y lo leí.
Más allá del azar, o de esa pequeña suerte de la que hablás en tu texto, a Ariana le debemos este encuentro. Siempre le llamó la atención la forma resignada con que yo le contaba mi propia historia. Desde que nos conocimos me hizo preguntas que no supe responder. Y se asombraba de que yo mismo no hubiera hecho esas preguntas en tantos años.
Le mostré mi texto, el mismo que te di el último día. Aunque cuando se lo mostré a Ariana aún no estaba completo. Faltaban las dudas finales, cuestionarme por qué te habías ido. Me lo hizo notar y supe que esa duda siempre estuvo, sólo que no podía encontrar las palabras para expresarla. Por qué. Y no sólo estuvo siempre la pregunta no enunciada: "¿Por qué me abandonó?", sino también las posibles respuestas. Y con ellas la culpa que le provocaban a un niño. Un niño no puede sentirse ajeno a la decisión de que su madre se vaya y nunca más regrese. Un niño siente que él algo tiene que haber hecho para que eso suceda. Y quizás lo hice, pero no de la manera en que yo

lo sentía sino en una muy distinta, que es la que Ariana me enseñó a descubrir. ¿Por qué cuando pude, cuando tuve edad suficiente, no te busqué? ¿Por qué me dejé abandonar hasta hoy?

Recién después de que nació nuestra hija, ella fue más contundente de lo que había sido hasta entonces. Me dio a la beba en el sanatorio para que la tuviera por primera vez, con apenas horas de vida, y me dijo: "Ahora que está acá, ahora que sabés lo que es tener un hijo, ¿qué circunstancia podría hacer que la abandonaras?". "Ninguna", le respondí rápidamente. Se me quedó mirando. "Ninguna", repetí. "O algo demasiado tremendo", me dijo ella. "Por todo lo que me contaste, tu madre, hasta tus seis años, parecía una mujer que sólo podría abandonarte si sucedía algo tremendo. Le creo más a ese chico de seis años que a tu papá o a Martha. O que a cualquiera de los que te fueron completando la historia. Buscala y preguntáselo." "¿Y dónde la busco? Pasame el teléfono que la llamo", le dije con ironía. Ariana no respondió ese día en el sanatorio, pero en cuanto volvimos a casa se abocó a buscarte a través de las redes sociales, a preguntarle a familiares y vecinos que se espantaban cuando te nombraba —mi padre casi dejó de hablarle—, a leer diarios de la época. Nada funcionó.

Hasta la tarde en que entré en la oficina de Mary Lohan y vi tu lunar. Primero no quise ver. Me fui de allí conmovido, pero negando la posibilidad de que por fin fueras quien sos. Se lo conté a Ariana. Me dijo: "Es ella". "¿Cómo sabés?", le grité, enojado por esa visión suya siempre positiva de las cosas. "Porque lo sabés vos. Mirate al espejo, mirá cómo temblás. Mirá tus ojos. Es ella, vos me lo estás diciendo." Entonces escribí el texto completo que venía escribiendo desde hacía años, también con las dudas, no dormí en toda la noche. Esperé despierto el horario de nuestra cita. Y te lo llevé. Hasta ahí pude. Luego me desplomé, me sumergí en un dolor que creía superado. No podía moverme. Ariana me propuso ir a verte ella misma pero no la dejé. Aceptó lo que le pedí, y dijo: "Ya vas a poder". "Se va el martes", le contesté. "No importa el martes, ya vas a poder."

A veces uno tiene la suerte de cruzarse con alguien que saca lo mejor de uno y lo peor parece no existir. A vos te pasó con Robert, a quien sólo conozco por tu texto. A mí con Ariana, a quien vas a poder conocer estos días. Y con Maplethorpe, que de alguna manera me mantuvo en pie hasta que ella llegó. Ya te contaré esa parte de la historia.

Quería adelantarte esto, porque cuando nos veamos tendremos demasiadas cosas de que hablar. Y algunas, por ejemplo la importancia que tuvo encontrarme con Ariana y tener una hija con ella, quería decírtelas en privado, para que en cuanto las veas sepas lo que ellas significan para mí.

Mañana estaremos allá.

Yo también he dependido de la amabilidad de los extraños.

No alcanza con estar rodeado de gente para no estar solo.

Federico

Busco en el aeropuerto al representante legal del colegio Saint Peter. Busco a mi hijo, mi nuera y mi nieta en ese aeropuerto: Logan —un nombre demasiado parecido al apellido de Robert, que hoy es el que uso—. Espero reconocerlos en medio de tanta gente. Sé que su avión aterrizó en horario. Una mujer se detiene junto a mí a atender su teléfono, le pregunto si ella vino en ese vuelo y, aunque algo molesta porque la interrumpo, me contesta que sí. Miro las etiquetas de las valijas de otros pasajeros que pasan a mi lado y varias son del mismo vuelo. Un vuelo de conexión Nueva York-Boston que yo le habría sugerido cambiar por un viaje en tren, si me hubiera sentido con derecho a hacerlo.

Me encuentro con mi imagen en el reflejo de un vidrio. Me acomodo la pollera, me abrocho el saco. Quiero lucir bien. Me tomó tiempo esta mañana decidir qué me ponía. No quería ir vestida de negro, como lo hago habitualmente. Tampoco de un color demasiado estridente; intenté con un vestido rojo que uso muy de vez en cuando pero no me pareció adecuado. Terminé eligiendo una pollera azul Francia que me regaló Robert para la última Navidad que pasamos juntos. Y un saco blanco de lana, con bordados color lavanda que solía ponerme cuando usaba esa pollera. Robert decía que esta ropa me hacía ver más joven: "Hoy mi mujer dañada parece una niña". Quisiera ser más joven. Quisiera que alguien me devolviera alguno de los veinte años que pasaron.

Pero eso no será posible. No hay dónde buscar los años que ya no están. Tal vez lo único posible sea no desperdiciar de ahora en adelante un solo momento. Que el tiempo no sólo pase delante de mis ojos, sino aferrarme a él.

Juego con el collar de mostacillas que llevo sobre el pecho, un collar de varias vueltas, lo muevo a un lado y al otro, lo sostengo apretándolo como supongo hará una persona creyente con un crucifijo y una no creyente con un amuleto. Hoy el collar es mi amuleto de la buena suerte. Lo acaricio y, en ese recorrido de una clavícula a la otra, me acaricio también.

Disminuye la cantidad de gente que sale arrastrando sus valijas por la puerta, que no dejo de mirar. Hasta que sólo la atraviesa algún pasajero cada tanto. Me asalta la idea de que tal vez él no haya viajado, que a último momento mi hijo se haya arrepentido y nunca haya subido al avión que se supone lo trajo hasta aquí. Le pregunto a un hombre que pasa junto a mí en qué vuelo vino y me nombra otra aerolínea, otra ciudad. Detengo a una mujer que viene detrás de él y me dice lo mismo. Y estoy a punto de convencerme de que otra vez la ilusión se desvanecerá, de que ya no habrá más deseos de futuro que involucren a mi hijo ni piano que lo espere en una plaza de Boston, cuando por fin aparece Federico empujando dos valijas sobre las que cruzó un carrito de bebé plegado y precintado con el logo de la aerolínea que lo trajo. Un poco más atrás viene la que imagino es su mujer con la beba en brazos, cargando además un bolso y una mochila. Aprieto junto con las mostacillas el nudo que se me hace en la garganta y me esfuerzo por que mis ojos no se llenen de lágrimas. Necesito que mis lentes de contacto esta vez no se corran de lugar, que la vista no se torne borrosa, necesito ver con nitidez aunque sea con estos ojos marrones que ya no siento míos. Federico viene hacia mí, se para delante y me dice: "Hola". Y yo le respondo: "Hola". Sin un beso, sin tocarnos. Sin nombrarme. Pero al rato —un instante después que me resulta eterno— mi hijo me sonríe y se da vuelta para presentarme a su mujer. "Ella es Ariana", dice, y Ariana se acerca, ella sí me da un beso y cuando lo hace me aprieta el hombro con la mano que tiene libre y la desliza sobre mi omóplato con una caricia. Casi de inmediato, Federico dice: "Y ella es Amelia", señalando a la niña en brazos de su madre. Mi hijo mira a la beba y repite remarcando las vocales de cada sílaba: "A-me-lia", y la beba se ríe con una alegría que me derrumba. Ariana sonríe y me dice: "Me van a terminar poniendo celosa de tanto que se quieren padre e hija". Y yo sonrío también. Luego se da un silencio extraño, del que ninguno parece saber cómo salir, hasta que la mujer de mi hijo dice: "Bueno, vamos, que acá interrumpimos el paso". Ariana se acerca a la valija más pequeña, coloca el carro de bebé junto a la otra valija que le señala a Federico, y levantando un poco la nena, como enseñándomela, me dice: "¿Me ayuda con Amelia?". Yo quedo paralizada mirando a esa niña que mueve las piernas en el aire como si estuviera pedaleando una bicicleta, mientras me pregunto si sabré cómo hacerlo. Y me doy cuenta, en ese instante, como una revelación que siento brutal, que me estoy haciendo la misma pregunta que me hice cuando nació Federico y me quedé a solas con él, en el sanatorio, por primera vez: "¿Podré?". Entonces creí que no podría, que no sería capaz, que no sabría lo que una mujer tiene que saber para sostener a un niño. Y se lo entregué a su papá. Lo entregué. "¿Me ayuda?", vuelve a decir Ariana, y estirando los brazos me la ofrece. Yo vuelvo de aquel sanatorio en Temperley, veintiséis años atrás, al aeropuerto Logan hoy. Vuelvo a mi nieta, y con ella a mi hijo. Digo: "Sí, claro", y doy un paso que me acerca. La beba, todavía en los brazos de su madre, me mira a los ojos y luego gira buscando los ojos de Ariana. Su madre aprueba con la mirada y esa aprobación le da la confianza que necesita, entonces Amelia me sonríe y tira los brazos hacia mí. Yo la tomo por las axilas y la llevo hacia mi cuerpo. Es liviana y tibia. Es frágil. Tengo miedo de hacerle daño. Pero esta vez debo vencer ese miedo, no pretendo no sentirlo pero sí dominarlo, actuar a pesar de él, hacer lo que tenga que hacer, lo que quiera hacer, con miedo o sin él. Por eso la sostengo con fuerza para que no se me escurra de las manos, sin apretarla demasiado fuerte. La calzo sobre un brazo y la sostengo por la espalda con el otro. Amelia me recorre la cara con sus manos mullidas. Hace muchos años que no siento una piel tan joven sobre mi piel. Veinte años. Me aprieta los cachetes, juega con mi nariz, me da golpes que son caricias. Federico dice: "¿Vamos?". Yo salgo de mi ensimismamiento y respondo: "Sí, vamos".

Nos ponemos en marcha, Ariana y él avanzan primero. Cada uno arrastra su valija con la mano contraria, la que llevan del lado de afuera de sus cuerpos. Y con el otro brazo se rodean uno al otro, ella a la altura de la cintura, él casi a la altura de los hombros. Los veo caminar así, delante de mí, la espalda ancha de Federico, el cuerpo pequeño de ella unos veinte centímetros más baja que él. Mi hijo se le acerca aún más, se inclina hasta su altura, y le da un beso en la mejilla. Ella gira hacia él, se estira en puntas de pie y repite el gesto. La beba juega con mi collar —mi amuleto—, lo mueve de un costado al otro, de una clavícula a la otra, lo balancea y cada tanto tira con fuerza de él. Su piel contra mi piel como si se conocieran de otro lugar, de otro tiempo.

Tal vez de esto se trate la felicidad: de ver caminar a mi hijo abrazado a su mujer, unos metros delante, mientras cargo a mi nieta, que me roza el pecho con su mano.

Quizá la felicidad sea eso, un instante donde estar, un momento cualquiera en el que las palabras sobran porque se necesitarían demasiadas para poder contarlo. Atreverse a tomarlo en su condensación, sin permitir que ellas, en su afán de narrarlo, le hagan perder su intensidad.

El tiempo comprimido y el fracaso del relato que lo expande.

La felicidad como una imagen para contemplar en silencio.

Y un encuentro.

Éste.

Agradecimientos

A quienes leyeron el borrador de esta novela y me ayudaron con sus aportes:

Ricardo Gil Lavedra, Tomás Saludas, Lucía Saludas, Débora Mundani, Laura Galarza, Karina Wroblewski, Marcelo Moncarz, Paloma Halac, Patricia Kolesnicov, Jordi Roca.

A quienes me ayudaron pero no la leyeron aún:

Claudia Aboaf y Fernando Pérez Morales.

A los amigos de Facebook y seguidores de Twitter que, sin saberlo, evacuaron dudas que se me presentaron a lo largo de la escritura, por ejemplo desde qué año las puertas de los autos tienen trabas automáticas.

A Julia Saltzmann, Pilar Reyes, Juan Boido y Gerardo Marín, que apoyaron la novela desde su primera lectura y me trasmitieron su entusiasmo.

A todos los integrantes de Alfaguara / Penguin Random House —"familia ensamblada"—, que desde sus distintas funciones y territorios contribuyeron y contribuyen a la suerte de *Una suerte pequeña.*

A Guillermo Schavelzon y su equipo.

Índice